Andrew Holland

W0409886

WOVON TRÄUMST DU?

Thriller

1. Auflage 2016

Covergestaltung: Covergestaltung: ZERO Werbeagentur GmbH, München
Covermotiv: Finepic / shutterstock

Printed by Create Space

ISBN:-13: 978-1541251212
ISBN-10: 1541251210

Andrew Holland

Wovon träumst du?

Thriller

Über dieses Buch:

«Was tut er ihnen in der Nacht an, wenn er sie am nächsten Morgen fragt: Wovon träumst du?»

Die Leiche einer jungen Studentin wird grausam zugerichtet und zur Schau gestellt auf einer Bank in einem Park gefunden. Ihre Augenlider wurden an den Augenbrauen festgenäht, um den Blick der Toten auf etwas zu richten, das den Verdacht auf jemand anderen lenken soll.

Als dann eine weitere Frau auf ähnliche Weise tot aufgefunden und der Fall für Howard Caspar persönlich wird, ist schnell klar, dass es sich um einen Serienkiller handelt, der bereits eine weitere Frau in seiner Gewalt hat …

«Vor sehr langer Zeit hat er begriffen, dass sie nicht geheilt werden können. Die Monster ihrer Vergangenheit haben ihre Körper schon zu lange in Besitz. Sie werden sie nicht mehr loslassen. Und in ihren Träumen, wenn sie sich zwischen Einschlafen und Tiefschlaf befinden, die Körper, dann werden die Monster herauskommen, dann werden die Monster versuchen, auch noch ihren Geist in Besitz zu nehmen.»

Der zweite Fall für Howard Caspar und sein Team.

Über den Autor:

Andrew Holland ist gebürtiger Amerikaner, der vor zwanzig Jahren in Frankfurt am Main seine große Liebe gefunden und geheiratet hat. Er wurde 1970 in der Nähe von Washington geboren und hat als Restaurantleiter gearbeitet, bevor er für die Frau seines Lebens nach Deutschland ausgewandert ist.
In seiner Freizeit liest er gerne und treibt viel Sport. Im Mai trat er das erste Mal für den Iron Man an und kam nach elf Stunden ins Ziel.

Die Idee zu seinem Debütroman „Wie sehr willst du leben?“ kam ihm, als er darüber nachsann, wie sehr man an seinem eigenen Leben hängt und ob man bereit ist, es für jemand anderen zu opfern.
Holland hat in diversen Zeitschriften bereits kurze Detektivromane veröffentlicht.
Er lebt glücklich mit seiner Familie im Süden Frankfurts/Main.

Für Simone. Danke für Deine Inspiration

1

FRÜHER

Man könnte fast meinen, dieser Raum wäre echt. Er soll ein gutes Gefühl vermitteln. Die Wände sind hellgelb gestrichen, an ihnen stehen Regale gefüllt mit Kinderbüchern, Dinosauriern aus Plastik und Puppen sowie einer Kugelbahn aus Holz. In der Mitte des Raumes stehen fünf bunt bemalte Stühle im Kreis um einen runden Tisch mit einem größeren Stuhl, der einfach nur braun ist. Vor dem Fenster hängt eine weiße, halb durchsichtige Gardine mit blauen Punkten darauf. Man kann nicht hinaussehen, denn das Fenster ist nur eine Attrappe und dieses Zimmer wirkt auch nicht beruhigend auf mich.

Wir sitzen auf den Stühlen. Wir, damit meine ich mich und die anderen vier Kinder Lily, Ralph Mike und Alice. Und er sitzt auf seinem braunen Stuhl und sieht uns durch seine Brille aufmerksam an. In seinem Blick liegt Wärme, aber das täuscht. Er täuscht uns alle.

Meine Eingeweide brennen, als hätte ich zu viel saure Gurken gegessen, aber deshalb geht es mir nicht schlecht. Es liegt an ihm. Es liegt daran, dass ich seit drei Wochen hier bin und nicht weiß, was ich hier tue. Im Heim haben sie mir gesagt, ich könnte mich freuen, weil ich einen Platz wie diesen bekommen habe. Es sei ein Privileg, von ihm behandelt zu werden. Aber ich glaube, man wollte mich einfach nur loswerden.

«Man wird dir dort helfen.»

«Eine neue Familie zu finden?», habe ich gefragt.

Die Pflegerin hat mir nur mit ihren fleischigen Fingern über die Wange gestreichelt und gelächelt. Ein hinterlistiges Lächeln.

«Dir helfen, dich zu integrieren. Normal zu werden. Und ja. Damit du eine neue Familie finden kannst. Irgendwann.»

Aber ich bin normal, hatte ich sagen wollen. Ich habe aber nichts gesagt. Ich habe meine wenigen Sachen in eine Tasche gepackt und draußen vor der Tür gewartet, bis man mich abholen kam.

Warum hilft er mir nicht? Die anderen haben Fortschritte gemacht. Ich nicht. Noch immer träume ich schlecht. Noch immer bin ich im Traum in der Hölle gefangen und kann mich nicht befreien. Und noch immer bin ich nicht normal. Nicht so normal wie Lily, Ralph, Mike und Alice.

«Wovon träumt du, Lily?», fragt er und wendet seinen Blick ihr zu. Auf seinen Knien liegt ein Klemmbrett, in der Hand hält er einen Stift und schreibt etwas auf.

«Gestern habe ich von einer rosafarbenen Wolke geträumt, auf der ich umhergeschwebt bin. Ich konnte auf die Erde hinabsehen und fühlte mich frei und gut.»

«Was hast du auf der Erde gesehen?», fragt er in seinem ruhigen Tonfall, den ich so sehr hasse. Er hört sich an, als würde er sich über uns lustig machen.

«Ich weiß es nicht? Schokolade?»

«Das weiß ich nicht, Lily. Das musst du wissen.» Er schreibt etwas und sieht sie wieder an.

«Ja, ich glaube, ich habe von Schokolade geträumt. Häusern aus Schokolade, Bäume, selbst die Blumen waren aus Schokolade.»

«Bist du wach geworden und konntest dich noch daran erinnern? Hast du etwas von einer Blume probiert?»

Lily legt die Stirn in Falten und denkt nach. Dann lächelt sie. «Ja, ich habe ein Stück Blüte gegessen. Dann kann ich mich wohl doch erinnern.»

«Sehr gut, Lily. Du machst wirklich Fortschritte.»

Wenn jetzt noch ein rosafarbener Bär aus Zuckerwatte das Zimmer betreten würde, stehe ich auf und schreie: «Ihr verblödeten Arschwichser (den Ausdruck hat eine Pflegerin mal benutzt, als sie sich unbeobachtet glaubte), ihr sollt in der Hölle schmoren und der Zuckerwattebär gleich mit!» Aber es kommt kein Bär aus Zuckerwatte und ich fluche auch nicht.

Er stellt uns jeden Tag dieselbe Frage. «Wovon träumst du?» Wir erzählen jeden Tag unseren Traum der letzten Nacht, und wenn ich an der Reihe bin, spannt er seine Muskeln an und sieht mich erwartungsvoll an. Vermutlich hofft er, ich würde nicht mehr von Tod und Verderben träumen, oder vielleicht will er genau das.

Neben Lily sitzt Alice. Sie ist das Gegenteil von Lily. Still, anmutig, schlau. Sie versteckt sich oft hinter ihren langen, braunen Haaren, die so dicht sind, dass sie fast das gesamte Wesen von ihr ausmachen, weil sie so schmächtig ist. Durchscheinend, wie ein Geist wirkt sie auf mich. Auf ihren Armen kann man, wenn sie nicht aufpasst und die Ärmel etwas nach oben rutschen, Narben erkennen. Wulstige und hässliche

Narben. Ich weiß nicht woher sie kommen. Sie hat es uns auch nie erzählt. Alice spricht nicht viel. Auch in den Sitzungen beschränkt sie ihre Sätze auf ein Minimum. Hat sie Fortschritte gemacht? In meinen Augen nicht. Aber das sieht er vermutlich anders. Er findet es ja schon fortschrittlich, wenn man von Schokoladenblumen träumt und sich daran erinnert.

Ich konzentriere mich auf die Punkte auf der Gardine, die aufgrund des Gebläses des kleinen Ventilators hin und her wehen. Das Sirren hat einen hypnotischen Effekt und ich werde etwas schläfrig. Die Punkte auf der Gardine verschwimmen zu einem großen Gebilde.

Ich folge den Erinnerungen an ihre Träume nicht mehr. Die Stimmen verwischen mit dem Geräusch, das der Ventilator macht, so dass meine Augen immer schwerer werden. In meinem Kopf ist aber jene Stimme, die mir befiehlt, nicht einzuschlafen. Je mehr sie mit mir spricht, desto schwerer fällt es mir, dem Drang nicht nachzugeben. Meine Sicht verschwimmt an den Augenrändern, ich konzentriere mich voll und ganz auf die Punkte, versuche, sie zu zählen. Es sind zu viele. Zu viele Punkte.

Panisch, weil ich nicht einschlafen will, versuche ich den Kopf aufzurichten, aber er lässt sich nicht anheben. Er ist so schwer. Alles fühlt sich schwer an. Ich sehe an mir hinab, ohne den Kopf bewegen zu können und schiele fast, was Schmerzen verursacht. Meine Hand- und Fußgelenke stecken in einer Vorrichtung, so dass ich diese nicht bewegen kann. Klammern aus Stahl umgreifen mich, halten mich fest, als sei ich, ein Monster. In meiner Armbeuge spüre ich den Druck einer Nadel. Kalte Flüssigkeit fließt durch meine Adern. Dann sehe ich ihn. Er richtet den Tropf, klopft auf den dünnen Schlauch, der am Ende der Nadel hängt. Ich will etwas zu ihm sagen, aber mein Mund fühlt sich an, als wäre er voller Watte. Er zieht eine Spritze auf und injiziert den Inhalt in einen Infusionsbeutel. Ich soll schlafen. Aber ich wehre mich. Ich will nicht schlafen.

Von weit weg höre ich seine Stimme. Ich hasse seine Stimme. Sie klingt so ruhig, so überlegen, so grausam. Ich bin doch noch ein Kind, will ich schreien. Ich will doch nur eine Familie, die mich liebt, will ich sagen und spüre, wie eine Träne aus meinem Augenwinkel läuft. Warum redet er mit mir, wenn ich ihn sowieso nicht hören kann? Ich will ihn das fragen, aber ich merke, wie sich ein grauer Schleier über meine Augen legt und ich sie kaum noch aufhalten kann. Die Dunkelheit will mich hinabziehen. Hinabziehen in meine Seele, die verloren ist.

«Schlaf.» Die Stimme ist an meinem Ohr. «Und dann erzählst du mir, wovon du träumst.»

Aus meiner Kehle kommen Laute. Ein schwaches Wimmern. Ich kann mich nicht mehr wehren. Der Schlaf ist süß und sauer zugleich und wird mich bald überwältigt haben.

Gleich ...

Aber ich darf nicht schlafen ...

Im Schlaf habe ich keine Kontrolle mehr ... über mich.

2

HEUTE

Ich habe Gott nie gefragt, warum er mich gewählt hat. Ich glaube an Gott, auch wenn ich nicht in die Kirche gehe, aber die Frage ist einfach sinnlos. Man sieht doch, was in der Welt jeden Tag, jede Stunde und jede Sekunde passiert. Wenn Gott etwas daran ändern wollte, hätte er das längst getan. Die Idee, jemanden zu fragen, warum passiert ausgerechnet mir das, ist so ziemlich die blödeste Idee, die es gibt. Es ist einfach so, wie es ist und es passiert, weil es eben passiert.

Ich wiege die Zange in meiner Hand und rieche den metallischen Geruch nach Eisen, der von ihr ausgeht. Ich bin ganz ruhig. Meine Finger zittern nicht, ich bin voll konzentriert und ich weiß, ich werde mich gleich umdrehen und die junge Frau vor mir etwas fragen. Aber zunächst möchte ich ihr etwas erzählen.

Sie sieht mich mit großen Augen an, als ich mich umdrehe. Augen, in denen Tränen stehen. Momentan ist ihr Blick voller Zorn und Abscheu. Ich kann aber noch etwas Anderes darin sehen. Es ist angst. Angst vor dem, was auf sie zukommt. Sie fragt sich, was ich mit ihr vorhabe und ob es weh tun wird.

Sie ist hübsch. Ohne Make-up, ihre Haare locker zu einem Zopf geflochten, aus dem nun einige Strähnen herausschauen, die an ihrem Gesicht kleben.

«Wusstest du eigentlich, dass kleine Wunden schmerzhafter sind als große?» Sie wimmert unter ihrem Klebeband, schüttelt den Kopf, kneift die Augen zusammen. Aus ihrer Nase läuft Rotz.

Ich habe sie auf eine Liege aus Stahl gekettet. Nackt liegt sie vor mir. Ihre Handgelenke stecken in Ketten. Ihre Fußgelenke stecken in Ledermanschetten, die mit der Liege verbunden sind. Ihr Körper ist wunderschön. Sie ist maximal zwanzig Jahre jung und studiert Sozialwissenschaften an einer staatlichen Universität in der Nähe von Philadelphia. Sie wollte ihren Dad besuchen. Wie jeden Sommer. Jedenfalls hat sie mir das erzählt, als ich sie beim Trampen aufgesammelt habe.

«Hat dir dein Dad nie gesagt, nicht mit fremden Männern mitzufahren?» Dicke Tränen rollen aus ihren Augen. Sie kann doch noch weinen. Dabei hat sie schon so viele Tränen vergossen.

Samantha Gaynor heißt sie. Im zweiten Studienjahr. Jobbt in einer Printagentur und erstellt Flyer für kleine und große Unternehmen. Ich wollte sie nicht mitnehmen, weil sie nicht mein Typ ist, auch wenn sie hübsch ist, und eigentlich nicht in meinen Plan passt, aber ich war gerade zurück auf dem Weg nach Washington, als ich sie auf einer Raststätte aufgegabelt habe. Außerdem ... war sie bei seinem Vortrag und deshalb habe ich schon einen Grund, mich eingehender mit ihr zu beschäftigen.

Sie hat ihm eine Frage gestellt. Hätte sie ihm keine Frage gestellt, wäre sie wie alle anderen Zuhörer einfach unauffällig auf ihrem Sitz geblieben und hätte einfach nur seinen Worten gelauscht, hätte ich mich nicht mal an sie erinnert. Aber sie fragte: «Wir können also Träume beeinflussen. Gehen wir mal davon aus, es stimmt, was Sie uns berichtet haben, könnte man mit dieser Macht nicht auch einen Menschen komplett nach seinen Wünschen manipulieren?» Eine intelligente und kritische Frage. Ich war tatsächlich etwas beeindruckt. Und sie war so nah dran.

«Aus ethischen Gründen sollten wir dieser Möglichkeit nicht allzu viel Beachtung schenken, Miss ...»

«Gaynor. Samantha Gaynor», sagte die Studentin laut und deutlich in das Mikrofon, das die Betreiber der Veranstaltung herumreichten.

«Miss Gaynor. Nun, natürlich ist es möglich, aber nicht vertretbar.» Er sah aus, als müsse er über etwas nachdenken. Bedächtige Stille senkte sich über den Saal. In dem Moment hatte ich wirklich gehofft, er würde darüber nachdenken, was er mir und den anderen angetan hat. Aber er hatte sich schnell wieder unter Kontrolle und ging nicht mehr auf die Frage ein. Das war für mich der Zeitpunkt zu gehen.

Ich bin gedanklich wieder im Hier und Jetzt, schüttele die Erinnerung an die Begegnung mit ihm von mir ab und konzentriere mich weiter auf Samantha.

Das waren schon zwei Fragen, aber ich will sie auch nicht länger auf die Folter spannen und halte die Zange hoch. Wie erwartet reißt Samantha die Augen auf, zappelt auf der Liege herum und fängt an zu zittern. Ich ziehe mir einen Hocker mit Rollen auf der Höhe ihrer Hände heran und lasse mich auf dem harten Plastik nieder. Mit großen Augen starrt sie auf die Zange. Sie beachtet mich überhaupt nicht.

«Ich glaube, wenn du hinsiehst, wird es richtig wehtun.» Sie wimmert wieder. Diesmal sehr viel lauter. Vermutlich weiß sie jetzt, dass es sehr, sehr schmerzhaft wird. Unter ihrem Knebel kann ich verwaschen ein «bitte nicht» hören. Ich tätschele mit meiner freien Hand ihren Handrücken. Dann greife ich zu, ihr Zappeln ignorierend.

«Wovon träumst du, Samantha?» Verwirrt sieht sie zu mir auf. Sie schüttelt den Kopf, kann nicht antworten, wegen des Knebels in ihrem Mund. Ich beuge mich zu ihr und ziehe den Klebestreifen von ihrem Mund, befreie sie von dem Knebel. Sie fängt an zu schreien. Ich lasse sie. Es wird sie ohnehin niemand hören.

«Wovon träumst du? Weißt du das?»

Sie weint, beißt sich auf die Lippe, bis sie blutet. Ein feines Rinnsal läuft in ihre Mundwinkel und für einen Moment sieht sie aus wie ein Darsteller aus einem Vampirfilm.

Ich greife wieder nach ihrem Handgelenk. Mit der anderen Hand bringe ich die Zange in Stellung; direkt an ihrem Fingernagel des Zeigefingers, der blutrot lackiert ist.

«Wenn du nicht mit mir reden willst, auch gut», sage ich.

«Aber ich rede ja, warten Sie. Tun Sie mir nicht weh. Bitte», fleht sie immer wieder. Ich lächele, halte inne. «Gib dir jetzt mehr Mühe. Wovon träumst du wirklich? Des Nachts? Wirst du von Albträumen geplagt? Vom schwarzen Mann? Oder sind es eher abstrakte Träume? Von Quadraten und Kreisen, die man meist in Fieberträumen sieht.»

«Ich ... ich weiß nicht ...», stammelt sie. Ihre Lippe

hat aufgehört zu bluten. An der Stelle hat sich aber ein kleines Bläschen gebildet. Sie leckt sich darüber.

«Weißt du, was lustig ist, Samantha?» Sie schüttelt den Kopf. «Dass dir eine Antwort nichts bringen wird. Ich werde dich sowieso töten. Ich werde dir sowieso Schmerzen zufügen. Also, egal was du sagst, du wirst hier nicht mehr lebend rauskommen. Verstehst du, was ich meine?»

Wenn noch ein Funken Hoffnung in ihren Augen geschimmert hat, ist dieser jetzt erloschen.

«Warum?», flüstert sie.

«Warum nicht?», stelle ich ihr die Gegenfrage.

Ich widme mich wieder meiner Zange, die leicht abgerutscht ist. Nur wenige Millimeter. Dann ziehe ich. Langsam, aber mit der nötigen Kraft. Ich spüre das leichte Vibrieren, dass sich etwas von seinem Untergrund löst. Weil sie so laut stöhnt, kann ich es nicht hören, aber ich spüre es. Es fühlt sich an, als wolle man einen Gegenstand von einer Tischplatte abziehen, der mit Sekundenkleber daran festgeklebt wurde. Der Fingernagel löst sich nur sehr langsam. Ich spüre, dass mein Mund trocken wird. Es erregt mich. Sie schreit. Sie bettelt darum, dass ich aufhören soll. Aber ich habe gerade erst angefangen. Dann ziehe ich den Nagel mit einem Ruck aus dem Nagelbett und betrachte das viele Blut, das aus der Wunde sprudelt. Nach einigen Sekunden fällt mein Blick auf den Nagel, auf dessen Unterseite Haut klebt.

Sie schreit so laut, dass ich einen Ständer bekomme. Aber nicht nur ihr Schrei macht mich geil. Auch wie ihr Körper auf die Schmerzen reagiert. Ihre Brustwarzen sind hart, auf der Haut hat sich Gänsehaut gebildet, ihre Fußzehen zeigen verkrampft in ihre Richtung. Ich bin nicht in der Lage, ihren Schmerz nachzuempfinden, ihre Pein zu verstehen, aber ich das muss ich auch nicht. Ich will nur wissen, wovon sie träumt.

Samantha kann im Augenblick nicht sprechen. Sanft zupfe ich ihr die feuchten Strähnen aus dem Gesicht. Lange blicke ich ihr in die Augen. Sie hat solche Angst. Ich kann mein Gesicht in ihrer glänzenden Pupille sehen.

Den Nagel lasse ich in eine Nierenschale aus Metall fallen. Es macht klonk. Es wird noch neunmal klonk machen. Mit Eifer mache ich mich an die Arbeit und beschäftige mich mit dem Zeigefinger. Der Daumennagel war schwierig abzulösen, doch der Zeigefingernagel ist schnell ab. Ich nehme mir vor, mir für den Mittelfinger mehr Zeit zu lassen. Überhaupt werde ich mir viel Zeit lassen, bevor ich Samantha in den Tod entlasse.

Sehr viel Zeit.

3

«Herzlich willkommen an diesem herrlichen Morgen zur Abschlussfeier der Agenten. Es ist mir eine Ehre, Ihnen Kathlyn Turner vorzustellen, die Sprecherin des Jahrgangs.» Howard spürt so etwas wie Stolz in seiner Brust, aber auch heftiges Herzklopfen, als er eine Person aufstehen sieht, bei der es sich nur um Kathlyn handeln kann. Sie lächelt und zwängt sich an ihren Klassenkameraden vorbei, betritt dann die Bühne des Saales, der mit seinen samtig roten Klappsesseln an ein Kino erinnert. Ihre Mitstreiter klatschen, als sie hinter das Pult tritt und einen Moment wartet, bis das Gemurmel im Saal abgeklungen ist.

Ihre Stimme klingt klar und selbstbewusst. «Wir haben viel gelernt. Ich habe viel gelernt in den vergangenen Wochen, die verdammt hart waren.» Einige im Publikum lachen. «Aber ich möchte die Zeit nicht missen und bin wahnsinnig stolz, im Verteidigungskurs so schnelle Fortschritte gemacht zu haben. Alec, du weißt, was ich meine.» Wieder lachen ihre Mitstreiter, nur einer nicht. Howard kann eine helle Schiene an der Nase erkennen. Alec hebt die Arme und Howard glaubt, aus seinen Worten so etwas wie «wahnsinnig komisch» herauszuhören. «Sorry Alec. War keine Absicht, okay?» Der Angesprochene nickt heftig und das Lachen verstummt.

«Jeder von uns hat eine Vergangenheit zurückgelassen, sich dafür entschieden, einen neuen Weg einzuschlagen und alle Wurzeln zu kappen. Jeder von uns wird diesem Land auf ewig dienen und die Menschen, die darin leben, beschützen. Jeder tut dies aufgrund seiner ganz eigenen Motivation. Ich tue es, weil ich bemerkenswerte Agenten kennengelernt habe, die mich einiges gelehrt haben. Zu hinterfragen, zu verstehen und nicht vorzuverurteilen. Ich wünsche uns allen, dass wir unsere Ziele erreichen. Vielen Dank.»

Kathlyn geht zu ihrem Platz zurück und für einen Moment treffen sich ihre Blicke. Sie streicht sich mit dem Finger über den Mund und hebt den Daumen. Das ist das Zeichen, dass sie Hilfe brauchte und es ihr jetzt gut geht. Bevor Kathlyn nach Quantico kam, hat sie als psychologische Beraterin in Howards Team gearbeitet. Sie hat die überlebenden Kinder des letzten Falles betreut und war intensiv im Team involviert. Da sie nie wirklich dem FBI zugehörig war, hat sie sich dazu entschieden, nach Quantico zu gehen und sich ausbilden zu lassen. Vier Wochen wurden ihr angerechnet, aber acht Wochen sind

Übrig geblieben. Howard hätte um nichts in der Welt diesen Tag versäumen wollen. Und er ist verdammt stolz auf sie.

Auf der Bühne werden Urkunden für besondere Leistungen während der Ausbildung verteilt. Waffenkunde, Sport und Verhandlungsgeschick. Auch eine Sonderurkunde wird vergeben. Kathlyn ist nicht dabei.

«Würde die Klasse sich bitte erheben?»

Jeder steht auf.

«Heben Sie die rechte Hand und leisten Sie den Eid. Ich schwöre feierlich.»

Sie sprechen ihm nach. Selbst Howard wiederholt in Gedanken die Worte des Ausbilders.

«Dass ich die Verfassung der Vereinigten Staaten unterstützen und verteidigen werde.»
Die Worte werden laut wiederholt.
«Gegen alle Feinde von innen und außen.»
«So wahr mir Gott helfe.»
«Herzlichen Glückwunsch.»
Alle klatschen sich zu, pfeifen, im Hintergrund leuchten Blitzlichter von den Fotoapparaten der Angehörigen auf. Die Absolventen betreten nacheinander die Bühne und erhalten ihre Marke. Man gibt sich die Hand, lächelt in die Kamera. Ist stolz. Gespannt. Aufgeregt.
Howard geht den Mittelgang entlang auf Kathlyn zu, die ruhig und gefasst die Stufen hinabsteigt und lächelt. Es ist ein nach außen gelöstes Lächeln, aber Howard kann in ihren Augen erkennen, dass sie noch immer unsicher ist, ob es richtig war, auch eine Ausbildung zu absolvieren und in den aktiven Dienst zu gehen.
«Herzlichen Glückwunsch, Kathlyn», sagt er, als sie aufeinandertreffen. Er reicht ihr die Hand, die sie ergreift und ihm dabei lange in die Augen sieht.
«Danke sehr. Wie nett, dass du hergekommen bist.»
Howard zuckt mit den Achseln und lässt endlich ihre Hand los. «Kein Ding. War zufällig hier.» Dabei grinst er, als er ihren empörten Blick bemerkt. «Kleiner Scherz. Ich war nicht zufällig hier. Ich wollte diesen Augenblick auf keinen Fall verpassen.»
Sie schweigen einen Moment, weil Howard nicht weiß, was er noch sagen soll. Schließlich räuspert sie sich. «Ich hole schnell meine Tasche und dann können wir etwas essen gehen, wenn du noch einen Moment Zeit hast», sagt sie und sieht aus, als hätte sie Angst vor der Antwort.

Howard grinst. «Ich habe eine bessere Idee. Ich wollte dich mit zurück nach Washington nehmen. Oder hast du großen Hunger?»

Ihre Augen blitzen freudig auf. «Wir können unterwegs irgendwo anhalten. Wenn es dir keine Umstände macht ...»

«Überhaupt nicht.»

«Dann hole ich schnell meine Tasche. Wir treffen uns am Parkplatz.» Kathlyn eilt, ohne auf eine Antwort zu warten an ihm vorbei, wird aber an der Tür von zwei Frauen aufgehalten. Schließlich verlassen sie zu dritt den Saal laut schwatzend.

Keine halbe Stunde später steht Kathlyn am Kofferraum und lädt ihre Sporttasche ein. An ihrer Schulter hängt eine Handtasche, aus der ein zusammengerolltes Magazin hervorlugt. Sie hat sich verändert. Nicht vom Aussehen, sondern von ihrer Art scheint sie selbstbewusster, stärker und entschlossener zu sein.

«Ich hätte dir auch helfen können.»

«So wolltest du Chauvi lieber zugucken, wie ich mich abmühe, was?» Kathlyn zieht die Tür zu und schnallt sich an. Dabei grinst sie.

«Ich fand dann doch, dass du gut alleine zurechtkommst.»

«Vielen Dank auch. Fahr schon los.»

«Wie hat dir die Ausbildung gefallen?», fragt er, nachdem sie sich in den Verkehr eingefädelt haben.

«Es war lehrreich. Nicht so sehr der Umgang mit Waffen oder Verhörtechniken, sondern ich fand es erstaunlich, wie schnell die Klasse zusammengewachsen ist. Jeder hat sich geholfen und ich hatte wirklich das Gefühl, dass genau das dem FBI wichtig ist.»

«Keine Lackaffen mehr?» Howard weicht ihrer Faust aus und lacht. Auch Kathlyn hat ihre erste Begegnung nicht vergessen.

«Nein. Wirklich nicht.» Sie schweigt einen Moment.

«Was? Liegt dir etwas auf dem Herzen?»

Sie blickt zu ihm, das kann er aus den Augenwinkeln sehen. «Es ist für mich immer noch fremd, eine Waffe zu haben und sie benutzen zu dürfen ... können. Ich weiß auch nicht. Es ist ein komisches Gefühl.»

«Du musst dir immer sicher und bereit sein, angemessen und hart durchzugreifen, wenn du eine Waffe in der Hand hältst. Du musst bereit sein, abzudrücken.» Bei dem letzten Satz sieht er zu ihr, doch sie weicht seinem Blick aus. Es ist nicht einfach, einem Menschen in die Augen zu blicken, abzudrücken und zu schießen, das weiß Howard aus eigener Erfahrung. Zögern kostet nicht nur Zeit, sondern kann lebensgefährlich sein. Nicht nur für sich selbst, auch für andere Menschen.

«Darf ich dir etwas sagen?», fragt er mit sanfter Stimme. Kathlyn nickt und blickt weiterhin auf ihre Hände, die gefaltet auf ihrem Schoß liegen. «Es ist für niemanden einfach, glaub mir das. Aber du hast die Prüfungen bestanden, das bedeutet, du kannst mit einer lebensbedrohlichen Situation umgehen und du hast entsprechend gehandelt.»

«Ja, wir hatten mehrere Trainings in *Hogans Alley*.» Hogans Alley ist eine Geisterstadt der Academy, in der die höchste gefakte Verbrechensrate der USA zu verzeichnen ist. Gefakte aus dem Grund, weil diese natürlich gespielt sind. Jeden Tag werden Banken ausgeraubt, Geiseln genommen, Menschen getötet. Die FBI Anwärter lernen dort mit Geiselnahmen, Bankraub und sonstigen Verbrechen umzugehen.

«Du bekommst jetzt die Möglichkeit, allen, die Böses tun, das Handwerk zu legen. Zumindest, wenn wir eingeschaltet werden. Du kannst aktiv Menschen beschützen. Kinder. Vergiss das nicht.» Sie lächelt und sieht ihn wieder an.

«Nein. Das werde ich nicht vergessen.»

Dennoch wird sie ihr ganzes Leben damit verbringen, sich zu fragen, ob sie unbedingt diejenige sein muss. Da ist Howard sich sicher.

4

Tagsüber fühlt sich der Herbst warm an, doch nachts zeigt er seine kühle Seite und wartet mit eiskalten Temperaturen auf. Mit Nebel und Feuchtigkeit. Damit die Menschen sich an den bevorstehenden Winter gewöhnen können.

Diese Nacht ist frostig, aber klar. Die Blätter, die seit Tagen von den Ästen rieseln, sind feucht und riechen modrig.

Der dunkle Schatten hinter einem Baum verschwindet fast und ist für die Person mit der schweren Last auf der Schulter unsichtbar, denn sie ist hochkonzentriert. Die Person, die von der Statur und Gangart nur männlich sein kann, legt die Fracht, die sie mit sich herumschleppt auf einer Bank ab und stemmt die Hände in die Hüften. Sie sieht sich nicht um. Scheinbar glaubt er nicht, dass jemand um diese Uhrzeit bei den Witterungsverhältnissen im Park spazieren geht.

Der Schatten nähert sich und beobachtet den Mann, der, wie er nun feststellt, einen Menschen aufsetzt und die Hände auf dem Schoss faltet. Der Mann öffnet die Finger und legt etwas hinein. Er scheint auf den ersten Blick zu schlafen, aber da der Kopf auf die Brust fällt, glaubt der Schatten das nicht. Der Mann streicht über den Kopf, macht einen Schritt rückwärts und steckt die Hände in seine Manteltaschen. Dann geht er den Weg zurück, den er gekommen ist. Bald verschwindet er in der Dunkelheit, so dass der Schatten sich dem schlafenden Menschen zuwenden kann, um festzustellen, dass er nicht schläft, sondern tot ist. Mausetot. Aber das ist nicht alles. Die Fingernägel an jedem einzelnen Finger fehlen. Nicht eingerissen. Sondern sie fehlen komplett. Die Augenlider wurden mit drei Stichen an den Augenbrauen festgenäht, so dass die Leiche aussieht, als würde sie vor sich hinstarren. Es ist eine Frau. Von weitem war das nicht zu erkennen, da sie einen Zopf trägt, der von einer Mütze verdeckt wird und ein Ansatz ihres Busens erkennbar wird. Der Schatten kniet sich vor die Frauenleiche und blickt in die stumpfen Augen.

Der Schatten lächelt ihr freundlich zu, öffnet die Finger und legt einen weiteren Gegenstand hinein. Wenn sie gefunden wird, wird die Leichenstarre den Blick auf die beiden Dinge zwischen ihren Händen verbergen. Aber nach spätestens zwölf Stunden in der Leichenhalle wird sich die Starre auflösen.

Der Mann hat feine Arbeit geleistet, muss der Schatten neidlos anerkennen. Er hofft, der Killer hat nichts übersehen. So erhebt er sich wieder und verschwindet hinter den Bäumen.

5

Ich stelle die Heizung an. Das erste Mal in diesem Monat. Es hat merklich abgekühlt und ich bin froh, dass ich in meinem Wagen sitze, nachdem ich Samantha auf der Parkbank zurückgelassen habe. Mir war etwas unwohl in dem Park. So als hätte mich jemand beobachtet, aber es ist kurz vor drei Uhr morgens und ich war tief im Park unterwegs. Also schenke ich dem Gefühl keine weitere Bedeutung.

Mittlerweile bereue ich, wie ich mit Samantha umgesprungen bin, versuche mir jedoch einzureden, dass es das richtige war.

«So bist du. Das ist dein wahres Ich. Du hast es immer versteckt. Jetzt kannst du es endlich ausleben und Vergeltung üben.» Ich sage mir das immer und immer wieder auf, da es mein Mantra ist.

Niemand hat mich je geliebt. Ich hatte niemals auch nur den Hauch einer Chance, ein normales Leben führen zu dürfen. Es ist nicht fair gewesen. Ich bin das Kind gewesen, an dem er seine Experimente durchgeführt hat. Die anderen blieben davon verschont. Vor ihm.

Aber jetzt zeige ich euch allen, wozu ich fähig bin. Doch da ist diese stimme in mir, die mich warnt. Sie sagt: «Sie werden der Spur nachgehen. Dann kommen sie dir zu nahe.»

6

Washington City oder D.C., was die Abkürzung für District ist, da die amerikanische Hauptstadt keinem Bundesstaat angehört, sondern dem Kongress der Vereinigten Staaten von Amerika unterstellt ist, ist seit mehr als zehn Jahren Howards Wahlheimat. Ursprünglich aufgewachsen und zur Schule gegangen ist er in Dover Delaware, dem ersten Bundesstaat Amerikas. Er hatte immer geglaubt, in der Hauptstadt etwas verändern zu können, denn sein Wunsch war es, in die Politik zu gehen. Schließlich befand er nach dem Studium, dem Wunsch nach Wahrheit und Gerechtigkeit nicht mittels Manipulation nachzukommen, sondern vielmehr aktiv etwas für die Menschen in diesem Land zu tun. Also ging er zur Polizei, stieg zum Detective auf und hat in einem Fall mit dem FBI zusammengearbeitet, das ihn schließlich abwarb. Sein Lebenslauf verlief etwas anders, als der von Kathlyn, die erst seit heute offiziell im direkten Dienst des FBI steht. Viel mehr wusste er aber über sie auch nicht, denn ihre Akte war weiß und jedwede Recherche war ohne Erfolg. Er muss also darauf hoffen, dass Kathlyn ihm irgendwann erzählen wird, warum er nicht wissen darf, was darinsteht.

Der Herbst hat in diesem Jahr früh eingesetzt, aber nicht ungewöhnlich, dass der Sommer nahtlos in die andere Jahreszeit übergeht. Zumindest nicht für D.C. Die Blätter an den Bäumen leuchten in vielen verschiedenen gelb- und orangetönen. Manche sogar Blutrot, was in der Kombination besonders hübsch anzusehen ist. Heute hat Howard jedoch keinen Blick für den goldenen Oktober, denn es nieselt und wenn man die Menschen beobachtet, die unter ihren Schirmen wie leblose Marionetten umhereilen, glaubt man zu ahnen, wie ungemütlich es draußen sein muss. Beobachten kann Howard im Moment gut, denn auf den Straßen geht nichts mehr vorwärts und rückwärts. Wie eigentlich zu jeder Tageszeit ist der Verkehr völlig zusammengebrochen, ungeduldige Menschen hupen völlig sinnfrei vor sich hin oder beschimpfen Baustellenarbeiter oder ihren Vordermann.

«Als ob das etwas ändern würde», murmelt Kathlyn. Howard brummt zur Zustimmung und lässt die Scheibe ein Stück runter, um etwas frische Luft reinzulassen. Gerade eben noch hat Kathlyn von den Menschen erzählt, die sie während der Ausbildung kennengelernt hat, aber seit einigen Minuten sagt keiner mehr etwas von ihnen. Nicht, weil sie sich nichts mehr zu erzählen haben, sondern weil die lange Fahrt sie beide geschlaucht hat.

«Wie geht es den Kindern?», fragt sie endlich, als Howard schon geglaubt hat, sie würde gar nicht mehr fragen. Sie spricht von ihrem letzten gemeinsamen Fall. Howard hat es damals gerade so geschafft, das Leben eines kleinen Jungen zu retten.

«Gut kann ich nicht sagen. Deans und Laras Eltern haben eine Initiative gegründet. Für alle traumatisierten Kinder dieses Landes.»

«Oh. Das finde ich beeindruckend.»

«Ja, sie sind unglaublich erleichtert, dass ihre Kinder noch leben dürfen. Jetzt fängt eigentlich die

Hauptarbeit für sie an. Ihren Kindern das Gefühl geben, dass sie sicher sind und dass ihnen nichts mehr passieren kann. Naja», er zuckt mit den Schultern, «du kannst dir sicher vorstellen, dass das nicht so einfach ist.»

«Ich werde mich in den nächsten Tagen bei ihnen melden», sagt sie leise.

Howard atmet hörbar tief ein und dann wieder aus. «Das Skelett, das man unter dem Schuppen im Garten von Darkins gefunden hat.»

Howard sieht sie lange an, da sie sowieso gerade stehen. «Es war ein Mädchen und sie war Darkins Schwester.»

«Das ist vermutlich nicht alles, oder?»

«Nein, sie hatte Trisomie.»

«Down-Syndrom.»

Howard nickt. «Jemand muss es getötet und unter dem Schuppen vergraben haben. Ob es Darkins' erstes Opfer war, werden wir nie herausfinden. Der Säugling starb durch ein schweres Kopftrauma.»

Kathlyn legt die Hand auf ihren Mund und schüttelt fassungslos den Kopf. «Es wurde erschlagen?»

«Ja. Abschließend lässt sich nur vermuten, dass Darkins auch deswegen so schwer traumatisiert war. Dazu kommt noch der Missbrauch der Mutter, ihn für Drogen an Kinderliebhaber zu verkaufen. Was darüber hinaus noch alles passiert ist, können wir nur rätseln.»

Katlyn sagt nichts. Sie ist in Gedanken versunken und sieht aus dem Fenster, während Howard die letzten Meter zur Hauptzentrale zurücklegt. Mittlerweile hat Howard begriffen, dass Kathlyn kein Mitleid mit den Tätern hat. Ob ihr in der Kindheit etwas Schlimmes passiert ist?

Nicht einmal eine halbe Stunde später betreten sie die Zentrale und Howard begleitet Kathlyn in das Großraumbüro, wo sein Team untergebracht ist.

Vor der Tür bleibt Howard stehen und greift nach Kathlyns Arm. «Alles klar?»

«Sicher.»

Howard spürt eine leichte Vibration unter seinen Fingern und weiß augenblicklich, dass sie nervös ist. Nervös, als vollwertiges Mitglied des FBI ins Team zurückzukehren. Dass sie sich seit dem «Missing Twins» Fall den uneingeschränkten Respekt der (zumeist männlichen) Kollegen verdient hat, scheint sie vollkommen vergessen zu haben.

Kathlyn räuspert sich. «Es ist alles in Ordnung. Ich hatte nur noch nicht viel Zeit, alles Revue passieren zu lassen.» Sie lächelt ihn an, strafft die Schultern und betritt das Büro.

Howard vergräbt die Hände in seinen Taschen und folgt ihr.

Wie zu erwarten, freut sich sein Team, Kathlyn zu sehen und alle begrüßen sie herzlich zu ihrem ersten Tag, was Howard mit Stolz erfüllt.

Er kann zusehen, wie Kathlyn sich sichtlich entspannt.

Dann bemerkt er Stephen, der hinter ihnen den Raum betreten hat. Er macht ein betretenes Gesicht, begrüßt Kathlyn im Team und stellt sich in die Mitte und klatscht mehrmals in die Hände, um die Aufmerksamkeit auf sich zu ziehen.

«Eigentlich hatte ich mir den ersten Tag von Miss Turner nicht so vorgestellt, aber wir haben einen Fall.»

Er macht eine Pause und sieht Howard in die Augen. Er kann so etwas wie Verwirrung in seinem Blick sehen. «Und der hat etwas mit Howard zu tun.»

7

Was ist Mut? Wenn man einer Frau hilft, die gerade bedrängt wird? Oder einem wehrlosen Obdachlosen? Oder für sich selbst einsteht? Es ist ein weitreichender Begriff, den jeder auslegen kann, wie er möchte. Für mich ist Mut, etwas an meiner Situation zu ändern. Den nächsten wichtigen Schritt zu tun und damit mein Leben neu auszurichten. Ich bin ein Opfer. Wie mein Leben verlaufen ist, dafür kann ich nichts. Es wurde von anderen gelenkt. Von anderen für mich gezeichnet. Es ist an der Zeit, dass ich mutig werde. Für mich selbst und für die Menschen, die weiterhin dem Leben ausgeliefert sind.

Wie Samantha, die nun leblos auf der Bank sitzt. Nebel kriecht an ihren Beinen hinauf und umweht sie. Man könnte fast meinen, es wäre eine Inszenierung aus einem Horrorfilm und sie würde gleich aufspringen, weil der Regisseur die Aufnahme im Kasten hat. Aber Samantha steht nicht mehr auf. Jedenfalls nicht von alleine.

Ich beobachte den Tatort aus kurzer Distanz durch eine Hecke. Vor mir steht ein Gerätewagen, damit meine Tarnung als Gärtner glaubhaft aussieht. Spitzharke, Rechen und Schaufel ragen hinaus, vor dem Wagen ist eine Laubtasche befestigt, an den Seiten hängen Eimer in verschiedenen Größen. Die schwere grüne Jacke ist viel zu groß und reicht mir bis zu meinen Fingerspitzen, die dazu passende Basecap mit gelbem Schriftzug habe ich mir tief ins Gesicht gezogen. An den Füßen trage ich olivfarbene Gummistiefel. Sie sind schon oft benutzt, allerdings nicht von mir. Ich habe sie mir ausgeliehen, weil sie nur zwei Nummern zu groß sind und ich damit trotzdem gut gehen kann. Der Mann, dem ich sie abgenommen habe, liegt mit einer Überdosis Heroin im Körper im Geräteschuppen der Parkverwaltung. Deshalb habe ich auch nicht viel Zeit, denn irgendjemand wird den Mann sicher bald finden. Und dann sollte ich bereits nicht mehr hier sein, vor allem nicht in den Stiefeln des Toten. Aber ich muss wenigstens sehen, was passieren wird. Für mich fühlt es sich so an, wie es für einen Künstler sein muss, seine Arbeit seinem Publikum vorzustellen. Ich bin nervös, aufgeregt und neugierig.

Bis ich die Hände meiner Samantha sehe. Ich weiß genau, dass ich sie miteinander verschränkt habe. Doch jetzt liegen sie mit dem Handrücken auf den Knien. Mein Gegenstand ist noch da. Aber in der anderen Handfläche liegt etwas, das ich definitiv nicht dorthin gelegt habe. Schweiß rinnt mir den Nacken hinab. Irgendjemand hat sich an meinem Kunstwerk zu schaffen gemacht. Irgendjemand hat mein Kunstwerk zerstört. Ob mich jemand beobachtet hat? War ich nicht vorsichtig genug? Wie konnte ich nur so unaufmerksam sein, so mache ich mir noch alles kaputt ... Ängstlich blicke ich mich um, aber ich kann niemanden entdecken. Es ist sehr früh. Ich habe gehofft, dass ein Jogger oder Joggerin die Leiche findet. Warum? Warum hat jemand einen weiteren Gegenstand dort platziert? Ich bin kurz davor, hinzugehen, um nachzusehen, was dort liegt. Das gehört aber nicht zu meinem Plan. Jemand anderes soll die Leiche finden. Nicht ich. Wütend balle ich die Fäuste und bleibe auf meinem Beobachtungsposten.

Eigentlich müsste ich gar nicht hier sein. Ich könnte längst in Washington sein und mir über die nächsten Schritte Gedanken machen. Vermutlich wäre es auch besser so. Denn hier könnte ich entdeckt werden. Wie oft wurden Täter geschnappt, wenn sie sich an den Tatort zurückbegeben haben? Ein kleiner Fehler reicht schon aus. Ein Moment der Gedankenlosigkeit. Und schon haben sie mich.

Doch ich kann nicht. Ich muss sehen, was passiert. Muss auskosten, wie man mein Werk enthüllt. Ein Künstler würde es nicht anders machen.

Es ist die Öffentlichkeit, die ich immer ausgeschlossen habe. Aber jetzt werde ich der Öffentlichkeit präsentieren, was er aus mir gemacht hat. Sie werden mein Handeln verstehen.

Ein frischer Wind weht mir um mein Gesicht, dann spüre ich die ersten Regentropfen, die auf meine Kappe fallen, auf die Jacke treffen. Blätter fallen von den Bäumen, werden umhergewirbelt. Jetzt regnet es so stark, dass ich nicht anders kann, als meinen Plan aufzugeben. Ich muss zu ihm. Widerwillig verlasse ich meinen Beobachtungsposten. Ich bin nicht bereit, mehrere Stunden zu warten. In mir tobt ein Sturm. Ein Sturm, der Jahrelang verborgen war und den ich nicht mehr stoppen kann und auch nicht stoppen will.

8

Howard vergräbt die Hände in den Taschen, den Blick auf die Parkbank gerichtet, inspiziert den Boden, die Sträucher, den Abfalleimer daneben und den tiefhängenden Ast eines Baumes. Die Parkbank ist weiträumig mit gelbem Absperrband gesichert, auf dem Boden knien Männer von der Spurensicherung. Sie füllen Proben der Erde in durchsichtige Tüten und stecken die untersuchten Flächen mit kleinen nummerierten Fähnchen ab. Ein Fotograf nimmt diese dann ins Visier. Das Geräusch, das der Blitz macht, geht Howard an die Nieren, denn es erinnert ihn daran, dass hier ein Gewaltverbrechen stattgefunden hat.

Erst nach einer Weile tritt er näher, sieht sich die Leiche in einigem Abstand an, damit er sie als Gesamtbild betrachten kann. Ihre oberen Augenlider sind an den Augenbrauen festgenäht. Dünne, schwarze Fäden ziehen das Lid nach oben, wie gespannte Saiten an einem Musikinstrument. Die Leiche blickt starr nach unten auf ihre Hände, als wolle sie ihnen etwas zeigen. Howards Blick fällt auf die Finger, die Blutverschmiert sind. Dunkle Kruste überzieht die Kuppen.

«Der Mörder hat ihr jeden einzelnen Fingernagel gezogen.» Howard wendet sich zur Seite. Tobias Spooner. Leiter der Spurensicherung.

«Habt ihr ...»

«Nein. Keine Fingernägel auf dem Boden. Hier

wurde nichts gefunden, was darauf hindeutet, dass die Frau im Park ermordet wurde. Sie wurde absichtlich auf diese Weise hier hingesetzt, damit sie genau so gefunden wird.»

Tobias macht einen nachdenklichen Eindruck. Howard hat das Gefühl, dass er ihm etwas sagen möchte, aber nicht weiß, wie er es formulieren soll.

«Warum wurde das FBI hinzugezogen?», fragt er ihn geradeheraus.

Bevor Tobias antworten kann, tritt ein junger Officer aus einer Gruppe heraus und kommt mit wütendem Gesichtsausdruck auf sie zu. Er hat die Fäuste geballt und lässt sich auch durch das Rufen seiner Kollegen nicht beirren.

«Was soll das hier? Was macht das FBI hier?»

«Einen Schritt weiter, Officer, und Sie haben ein Disziplinarverfahren an der Backe, das sich gewaschen hat.» Howard dreht sich um und blickt in die freundlich, funkelnden Augen eines alten Bekannten. Vincent Callum. Seineszeichen Chef des Delaware Police Departments, kämpft mit seinem Übergewicht und massiven Herzproblemen, ist aber der beste Stratege, den Howard außerhalb des FBI kennt. Damals, als er wegen Laura mit ihm zusammengearbeitet hat, lernte er ihn kennen und schätzen. Die offene Akte beschäftigt Howard noch heute und Vincent ist noch immer regelmäßig mit ihm in Kontakt. Nicht, weil es neue Erkenntnisse gegeben hätte, sondern weil sie sich austauschen und Vincent so etwas wie sein Seelsorger geworden ist.

Howard hebt beschwichtigend die Hände in Richtung des Officers, der stehenbleibt, ihn weiterhin wütend mustert und sich dann umdreht, um zu seinen

Kollegen zurückzugehen.

«Hast du das FBI angefordert?», fragt Howard dann Vincent, der zu ihm aufgestoßen ist.

«Ja. Und zwar explizit dich.» Tobias formt mit den Lippen die Worte «bis später», während Vincent Howard einige Schritte vom Tatort wegzieht. Das ungute Gefühl, das ihn schon in Washington beschlichen hat, verstärkt sich und er ahnt, dass dieser Fall etwas mit seinem alten Freund zu tun hat.

«Mach es nicht so spannend, Vince. Was ist los?»

Vincent hebt eine kleine durchsichtige Beweistüte. Howard kann noch nicht erkennen, was sich darin befindet, denn er sieht Vincent weiterhin in die Augen, aus Angst vor dem Gegenstand und der Gewissheit, dass er zurück ist. Dass er nicht nur mit ihm ein Spiel spielt, sondern dass seine gewaltige Orgie nicht abreißen wird.

«Er hat dir eine Botschaft geschickt, Howard.»

Howard schließt die Augen, die Umgebungsgeräusche rauschen an ihm vorbei, ein Gefühl der Ohnmacht überkommt ihn. Es ist so, als würde Howard alles verhindern können, wenn er bloß nicht hinsehen würde, wenn er es einfach nicht an sich heranlässt. Wie als ob man die Zeit anhalten könnte.

Doch dann sieht er doch auf die Tüte, schärft den Blick und hat das Gefühl, der Boden, auf dem er steht, tue sich auf und verschlinge ihn in jedem Moment.

«Es tut mir leid, Howard», flüstert Vincent.

9

Thomas Hanks blickt auf die Teilnehmer der heutigen Sitzung, schiebt die Brille nach oben auf die Nase und schlägt seine Beine übereinander. Die Akten der Teilnehmer benötigt er nicht. Er hat ein fotografisches Gedächtnis, hat jede Lebensgeschichte der Damen und Herren in seinem Kopf und kann sie ohne Probleme aufrufen.

Links im Kreis sitzt Sally Winston. Sie ist siebenundvierzig Jahre alt, wurde von ihrem Mann misshandelt und blieb dennoch bei ihm, bis eine Nachbarin sie aus der Hölle befreit hat, indem sie die Polizei einschaltete. Sie trägt ihr dünnes blondes Haar zu einem kurzen Pagenkopf geschnitten. Sie wirkt farblos, ist schüchtern und wenn sie spricht, zittert ihre Stimme.

Bob Harkins sitzt direkt neben ihr. Er ist siebenundzwanzig Jahre alt, wurde von seinem Vater in seiner Kindheit schwer misshandelt. Er konnte sein Trauma über die Jahre gut verbergen. Erst als vor einigen Wochen sein Vater aus dem Gefängnis freikam, hat ihn seine Vergangenheit eingeholt. Aufgegriffen wurde Bob in einem Kaufhaus, als er schreiend durch ein Möbelgeschäft gerannt war. Man legte ihm eine Therapie nahe und schickte ihn zu Thomas, der eng mit der Justiz zusammenarbeitet. Bobs Körper ist schwammig, er hat Pickel im Gesicht und einen Tick, der es einem unmöglich macht, ihm in die Augen zu sehen, denn er zwinkert so schnell wie ein aufgeregter Kolibri mit seinen Flügeln.

Ihm gegenüber sitzt Isabelle Baker. Breitbeinig und nach vorne rutschend, betont lässig. Sie ist lesbisch, wurde von ihrer Partnerin zu sexuellen Spielchen mit anderen Frauen gezwungen, dabei schwer misshandelt und teilweise wochenlang im Keller festgehalten. Ihr Bruder hat sie aus dieser Hölle befreit. Ihre ehemalige Freundin ist im Gefängnis und wird noch eine Weile dortbleiben. Isabelle gibt sich stark, laut und fast arrogant. Sie wird anderen gegenüber dabei gerne verletzend.

Neben ihr sitzt Constanze Labelle, eine ehemalige Prostituierte, die mittlerweile einem normalen Bürojob nachgeht. Ihr Zuhälter stieg ihr nach, verprügelte sie, sie selbst war mehrmals im Gefängnis, wegen Diebstahls und Betrug. Sie war stark Methabhängig, versucht aber ihr Leben wieder in den Griff zu bekommen und besucht deshalb regelmäßig Thomas Sitzungen.

Ein Patient fehlt heute wieder. Seit nunmehr drei Wochen hat Thomas ihn nicht gesehen. Da dieser Patient freiwillig hier ist, wird Thomas dies nur in seiner Akte vermerken, aber es wird sonst keine Konsequenzen für ihn haben. Oft behandelt Thomas Menschen, die ihm von der Justiz überführt wurden. Die noch eine Chance bekommen, wenn sie regelmäßig an seinen Sitzungen teilnehmen. Die Behandlung zahlt der Staat. Viele dieser Patienten konnten bereits wieder in die Gesellschaft eingegliedert werden. Manche schaffen es nie. Einige bringen sich selbst um.

«Erzählen Sie mir von Ihrer gestrigen Mahlzeit. Ich möchte genau hören, was Sie zu sich genommen haben. Denken Sie dabei an jedes Detail. Wer hat es zubereitet? Haben Sie das Essen genossen? Dazu etwas getrunken? Was war es? Gab es einen Nachtisch?» Thomas sieht zu Sally, die nervös an ihren dünnen Haarspitzen zupft.

«Sally? Wollen Sie anfangen?»

«Lieber nicht ...», nuschelt sie. Ihre Lippen zittern, sie blickt auf ihren Schoß.

«Ich fange an», sagt Isabelle. Sie bleibt in ihrer lockeren Haltung auf dem Stuhl sitzen und funkelt Thomas herausfordernd an. Thomas lächelt. «Gerne. Bitte.»

«Ich hatte vergessen einzukaufen. Aber mein Hunger war ziemlich groß, also durchsuchte ich meinen Schrank und fand diese Fertigpackung Makkaroni mit Käse. Man braucht nur etwas Milch, eine Mikrowelle und eine Schüssel. Nicht viel Aufwand. Also schüttete ich alles in die Schüssel, stellte es in die Mikrowelle und wartete. Der künstliche Duft von Käse erfüllte die Küche und mir lief das Wasser im Mund zusammen.»

Sally kichert unnötigerweise, aber niemand wundert sich darüber. Alle hören zu. Das hat mit gegenseitigem Respekt zu tun. Thomas betreut die Gruppe nun schon seit einigen Wochen und er stellt stolz fest, dass seine Therapie bei einigen bereits anschlägt. Isabelle hat Sally geholfen, indem sie sich gemeldet hat. Vor einigen Wochen wäre das undenkbar gewesen. Aber die Teilnehmer nehmen Anteil. Das bedeutet, die Therapien schlagen an. Isabelle beendet ihre Erzählung. Die anderen schweigen.

«Noch jemand?» Sie dürfen nicht gezwungen

werden. Thomas lässt sie Dinge erzählen, die jeder mindestens einmal am Tag tun muss. Sich waschen, anziehen, saubermachen, essen, trinken, einkaufen. Sie sollen sich nicht mit Gewalt, Tod oder dem auseinandersetzen, was ihnen passiert ist. Thomas Theorie basiert darauf, dass seine Patienten die Geschehnisse nicht in den ersten Therapiestunden aufarbeiten müssen, um so immer und immer wieder daran erinnert zu werden. Vielmehr möchte er seinen Teilnehmern das Gefühl zurückgeben, dass sich die Welt weiterdreht, dass sie sich mit den alltäglichen Dingen ihres Lebens beschäftigen müssen. In der neurolinguistischen Programmierung nennt man diese Methode verankern eines neuen Selbstbildes, um damit die Vergangenheit in den Hintergrund zu stellen. Natürlich kann er kein komplettes «Changing History» in Gruppensitzungen durchführen, aber für diese aufwändigen Therapien betreibt Thomas ohnehin eine eigene Praxis, die diese Menschen hier niemals von innen sehen werden. Sein Honorar übertrifft bei weitem deren Möglichkeiten. Aber er gibt Impulse weiter, hilft einem kleinen Teil seiner Patienten, weiterzuleben, ohne den Gedanken an Suizid.

Thomas besitzt eine einmalige Empathie für Menschen, die es ihm ermöglicht, jeden einzelnen von ihnen zu verstehen, ganz egal, was ihm passiert ist oder was er getan hat. Er vergibt seinen Patienten, er versteht sie.

Sie werden mir hoffentlich auch irgendwann vergeben können, denkt er und blickt auffordernd zu Bob, wobei er nicht in seine Augen sehen kann. Doch Bob schüttelt den Kopf. Auch er möchte nicht reden, möchte lieber zuhören, wartet ab. Wartet, ob ihm jemand einen Vorwurf macht. Genau wie die anderen. Sie warten. Sie sind zum Zerreißen angespannt, nur darauf wartend, dass jemand sie anschubst, damit sie lospreschen können.

Thomas wird sie nicht anschuldigen, sie nicht verurteilen oder versuchen, sie von oben herab zu behandeln. Vor sehr langer Zeit hat er begriffen, dass sie nicht geheilt werden können. Die Monster ihrer Vergangenheit haben ihre Körper schon zu lange in Besitz. Sie werden sie nicht mehr loslassen. Und in ihren Träumen, wenn sie sich zwischen Einschlafen und Tiefschlaf befinden, die Körper, dann werden die Monster herauskommen, dann werden die Monster versuchen, auch noch ihren Geist in Besitz zu nehmen.

«Ich habe mit einer Kollegin einen Salat gegessen», fängt Constanze plötzlich an zu erzählen. «Ich glaube, sie mag mich. Ich meine, ich mag sie auch, aber ich hatte noch nie eine Freundin. Ich weiß ja gar nicht, wie das geht. Was muss man als Freundin machen? Versteht ihr? Ich habe doch keine Ahnung. Meine Kollegin, Molly, sie weiß nichts von meiner Vergangenheit, gehört zur Abteilung Datenschutz in der Firma, wissen Sie.» Constanze zupft sich an der Unterlippe, rutscht auf ihrem Stuhl hin und her. Thomas lächelt ihr aufmunternd zu.

«Wenn sie lacht, lache ich mit, aber ich mache es nicht zu auffällig. Gab auch schon Momente, wo ich gar nicht reagiert habe. Sie merkt das nicht. Noch nicht. Ich habe Angst, dass sie begreift, was ich bin und wer ich bin. Ich mag sie, verstehen Sie? Ich will nicht, dass sie sich von mir abwendet.» Constanze sucht nach Bestätigung in den Augen der anderen Teilnehmer.

«Du darfst sie nie unterbrechen», sagt Isabelle. «Wenn Menschen beim Reden unterbrochen werden, glauben sie, man hat ihnen nicht zugehört oder interessiert sich nicht für sie.»

Bob sagt: «Und du darfst nie sofort von dir erzählen, es sei denn, sie fordert dich dazu auf.»

«Ich würde mich auch nicht gleich mit ihr verabreden», gibt Sally schüchtern zu bedenken. «Sie denkt sonst, sie wäre deine einzige Freundin und das macht vielen Angst.»

Thomas ist überrascht. Es entsteht eine lebhafte Diskussion und seine Patienten helfen sich untereinander. Er ist nicht nur überrascht, sondern wirklich beeindruckt.

«Ich finde es sehr anstrengend, mich eine so lange Weile zu verstellen, aber ich möchte eine Freundin haben und wenn ich andere Menschen beobachte, habe ich das Gefühl, jeder verstellt sich. Paare verstellen sich, Freunde, Cliquen. Niemand ist wie er wirklich ist. Sie alle haben Angst vor dem Alleinsein und deshalb tun sie so, als wären sie jemand anders. Aber ich glaube, ich habe das jetzt verstanden, denn wenn ich weiterhin so bin, wie ich bin, werde ich niemals Freunde haben. Dann wird mich niemals jemand lieb haben oder gerne mit mir zusammen sein. Es ist doch eigentlich so, dass man seine kurze Freizeit mit Menschen verbringen möchte, die einem ähnlich sind. Also verstelle ich mich. Ich hoffe, ich kann das, denn ich muss es können, sonst werde ich immer alleine sein.» Den letzten Satz flüstert sie, fast so, als würde sie ihn nur für sich selbst sagen.

Thomas mischt sich nicht ein. Constanze lernt gerade das, was viele Kinder irgendwann lernen und sich so ihre Persönlichkeit aufbauen. Über Jahre hinweg ändern sie ihre Verhaltensmuster, zwingen sich entweder selbst, sich anzupassen oder schaffen ein gesundes Mittelmaß, um in der Gesellschaft zu überleben.

Thomas blickt auf die große Uhr an der Wand hinter den Teilnehmern, hebt die Hände und beendet die heutige Sitzung.

«Wir sehen uns nächsten Dienstag.»

Seine Patienten stehen auf und verlassen den Raum. Alle bis auf Sally. Sie bleibt einen Moment sitzen, wartet, bis alle gegangen sind und steht erst dann auf, um auf Thomas zuzugehen. Überrascht blickt er sie an. Sally ist noch nie aus sich rausgegangen und Sally hat noch nie nach der Sitzung mit ihm sprechen wollen. Nervös streicht sie sich den fransigen Pony aus dem Gesicht, verschränkt ihre Hände umständlich ineinander und kaut auf der Innenseite ihrer Wange herum.

«Was kann ich für dich tun, Sally?»

«Ich wollte Sie fragen, Professor, wie lange ich noch kommen muss.»

Sally ist stark selbstmordgefährdet, aber keine Gefahr für die Allgemeinheit. Aus diesem Grund wurde sie nicht eingewiesen, sondern ihr wurde dieser Kurs zugeteilt, damit sie wieder ein vollwertiges Mitglied der Gesellschaft werden kann. Wenn Thomas näher darüber nachdenkt, sollte ein solcher Kurs für achtzig Prozent der Menschen ein Pflichtbesuch sein. Aggressionen, falsche Wahrnehmungen und Verdrängung häufen sich in den letzten Jahren.

Thomas würde ihr gerne wünschen, dass sie schon so weit wäre, aber sie ist es einfach nicht.

«Gefällt es dir bei uns nicht? Ich finde, du hast schon wunderbare Fortschritte gemacht.» Das ist nicht nur eine leere Phrase, sondern er glaubt tatsächlich daran, dass der Kurs ihr viel bringt. Auch wenn sie sich immer noch selten einbringt, so beobachtet sie die anderen Teilnehmer und ist wichtig geworden für die anderen. Wichtig, sie zu verteidigen, wichtig, das eigene Selbstbewusstsein zu stärken.

Sally zupft wieder an ihrer Unterlippe herum und zieht etwas Haut ab, was zur Folge hat, dass sie anfängt zu bluten und sie sich die Unterlippe zwischen die Zähne saugt. Thomas kann ihren süßlichen Schweiß riechen. Sally ist nervös.

«Ich ... doch ... es gefällt mir, aber ich kann nicht mehr herkommen. Mir geht es nicht gut. Ich möchte lieber zu Hause bleiben. Bitte. Helfen Sie mir.»

So gern Thomas ihr auch helfen würde. Er darf die Papiere nicht manipulieren. Auch darf er Sally nicht sich selbst überlassen. Der Kurs zwingt sie dazu, das Haus zu verlassen, sich darauf einzulassen, dass die Welt sich weiterdreht, dass viele schlechten Dinge, die passiert sind, vielleicht aus einem guten Grund passiert sind. Sie darf sich nicht damit abfinden, darf nicht ihr Leben aufgeben.

Thomas nimmt ihre Hände in seine und sieht ihr in die Augen. «Sally, ich weiß, dass du aufgeben möchtest. Ich spüre es, seit du das erste Mal hergekommen bist. Niemand zwingt dich dazu, etwas zu sagen, wenn du das nicht möchtest. Dein Leben ist wichtig, du bist wichtig. Jeder von uns ist wichtig, um den Kreislauf des Lebens im Schwung zu halten.»

Ihre Augen füllen sich mit Tränen. Diesmal beißt sie auf ihre Unterlippe.

«Ohne mich dreht sich die Welt auch weiter. Es würde nicht mal jemand bemerken, wäre ich nicht mehr da.»

«Das denkst du», sagt Thomas sanft. «Aber das ist nicht so. Du erfüllst wie jeder andere hier eine Aufgabe. Ich bin fest davon überzeugt, dass du deine noch finden wirst. Kannst du dich erinnern, wer immer deinen Weg kreuzt, wenn du zu mir kommst?»

«Was meinen Sie? Ich verstehe nicht ...»

«Eine Frau, die einkaufen geht? Eine Mutter, die mit ihrem Kind spazieren geht oder ein Jogger? Ein Obdachloser? Der Zeitungsjunge?»

Sally überlegt einen Moment.

«Weiß ich nicht. Kann schon sein, dass da immer dieser Jogger mit seinem Hund ist. Den habe ich schon öfter gesehen, wenn ich herkomme.»

«Stell dir vor, du würdest nicht mehr seinen Weg kreuzen. Stell dir vor, du bist dazu da, um einen Zusammenstoß zu verhindern. Einen Zusammenstoß, der dazu führt, dass der Jogger auf die Straße rennt und überfahren wird. Und das nur, weil du immer zur gleichen Zeit am gleichen Tag dort langgehst. Was wäre, wenn du nicht mehr da wärst?» Thomas lässt seine Theorie auf sie sacken.

«Der Jogger würde vielleicht verletzt werden und könnte niemals wieder laufen. Oder vielleicht sogar sterben.» Er drückt ihre Hände. «Deshalb bist du wichtig. Deshalb ist jeder Mensch wichtig. Weil er eine Aufgabe erfüllt.»

Sallys Lippen beben, eine Träne rollt aus ihrem Auge. Sie zieht die Nase hoch und lächelt schließlich leicht.

«Ich bin wichtig», flüstert Sally.

«Ja, das bist du.» Thomas lässt ihre Hände los, steht auf und geht zu seinem Schreibtisch, um ein Taschentuch aus der Box zu ziehen. Während er es Sally reicht, fällt ihm auf, dass etwas auf dem Tisch nicht stimmt. Bevor ihm einfällt, worum es sich handelt, spricht Sally wieder. Diesmal mit festerer Stimme. «Danke, Professor. Ich werde versuchen, daran zu glauben.» Sie schneuzt sich nochmal die Nase und steckt das Tuch in ihre Hosentasche.

«Versuchen Sie mal sich hinzusetzen.»

«Wie bitte?»

«Sehen Sie? Man kann etwas nicht versuchen, man kann es nur tun.»

Sally wird rot, vermutlich ist es ihr peinlich, auf seinen Trick reingefallen zu sein. Schließlich dreht sie sich um und verlässt den Raum. Thomas blickt ihr noch einen Moment nach, beginnt dann aber die Stühle an die Wand zu stellen und das Fenster zu öffnen, um frische Luft hineinzulassen. Dabei kommt er an seinem Schreibtisch vorbei und versucht, sich zu erinnern, was sich verändert hat. Er kommt nicht darauf und dann klingelt sein Telefon. Es ist seine Frau.

«Ich komme gleich. Bin gerade fertig geworden.»

«Kannst du noch etwas Öl mitbringen? Ich habe nur noch einen kleinen Tropfen in der Flasche und das reicht nicht für die Salatsauce.»

Thomas lächelt. «Natürlich. Brauchst du sonst noch etwas?»

«Nein. Nur dich.» Sie lacht ausgelassen. Im Hintergrund bellt ihr Hund Barney.

«Ich beeile mich. Ich liebe dich.»

«Ich dich auch.»

Thomas legt auf und setzt sich an seinen Schreibtisch. Dann wählt er die Nummer seiner Tochter.

«Dad, wir sehen uns doch bald.»

«Ich weiß, aber es gehört zur Tradition, dass wir dienstags telefonieren.»

«Du bist unverbesserlich, Dad, aber ich habe gerade zu tun.»

«Ich will dich gar nicht lange aufhalten, Schatz. Hab dich lieb und bis nächste Woche.»

«Ich dich auch, Daddy.» Damit legt sie auf.

Viktoria studiert in Virginia und kommt nur in den Semesterferien, die nächste Woche beginnen, nach Hause. Zunächst war es ungewohnt, sie nicht mehr jeden Tag zu sehen, aber sie hatten sich schnell daran gewöhnt. Das liegt auch daran, dass sie jeden Dienstag miteinander telefonieren oder skypen. Familie ist Thomas sehr wichtig. So kann er alle seine vergangenen Monster begraben.

Doch es beschleicht ihn ein unruhiges Gefühl, das er hat, wenn er über seinen Schreibtisch sieht und nicht weiß, was fehlt. Er wird die Putzfrau befragen müssen.

10

In dem Moment, in dem Howard registriert, was sich in dem Beweismittelbeutel befindet, hat er das Gefühl, alles Blut würde aus seinem Körper weichen und er wäre gezwungen, in die Knie zu gehen, da keine Zelle nicht mehr ausreichend mit Sauerstoff versorgt wird. Sein Hirn blendet für einen Moment das Unmögliche aus. Jetzt steht er nicht hier vor diesem Beutel, den ihm sein Kollege noch immer vor die Nase hält. Er sitzt mit seinem Partner stattdessen in einer Bar und trinkt ein Bier. Aber er kann sich nur für den Moment selbst verarschen.

Ein mit roter Farbe (oder Blut?) bespritzter Schnuller. Ein Gegenstand, dem Eltern keine große Bedeutung beimessen, da sie vermutlich solche Dinger im Dutzend in ihren Wohnungen verteilt haben. Aber für Howard ist dieser Gegenstand gleichzusetzen mit dem Verlust, den er erlitten hat und mit der Gewissheit, dass ein Schnuller in seinem Leben niemals zum Einsatz kommen wird. Für einen Augenblick vergießt Howard stumme Tränen, als sich das Bild von Laura in seine Gedanken drängt. In seinen Erinnerungen trägt sie ein weich fließendes ärmelfreies Blumenkleid und die Perlenkette, die sie von ihrer Großmutter geerbt hat. Ihr Haar fällt luftig um ihre Schultern und wenn sie lacht, funkeln ihre hellen blauen Augen vor Glück. Sie hatte immer diesen besonderen Blick, mit dem sie ihn angesehen hat. Diesen Blick, der Howard für sie zu etwas ganz

Besonderem gemacht hat. Ihre zarte, rosige Haut roch so gut und war so weich, so weich wie sie. Und dann schiebt sich ein anderes Bild von Laura vor die schöne, strahlende, in Sonne getauchte Erinnerung. Jenes, in dem sie blutüberströmt auf dem Boden ihrer gemeinsamen Küche liegt, ihn ansieht und genau weiß, dass sie sterben wird mit den Händen auf ihrem Bauch, beschützend mit der Vorahnung, dass sie nichts mehr für sich und ihr Baby tun kann.

Nur aus weiter Ferne dringen wieder Geräusche zu ihm. Menschen, die miteinander reden, das Klappern von Zeltstangen, die in den Boden gerammt werden, Befehle, die ausgesprochen werden und Vincent, der seine Hand auf Howards Schulter gelegt hat. Howard muss blinzeln, um wieder klar zu sehen. Noch immer ringt er um Fassung, noch immer ist sein Blick auf den Schnuller geheftet.

«... haben wir auch diesen Zettel gefunden.» Vincent hält eine weitere Beweismitteltüte hoch, in der ein Din A 5 Zettel liegt. Howard nimmt die Tüte und liest die Botschaft:

Was glaubst du, was es geworden wäre?
Ein alter Freund

Howard fühlt sich nur noch müde und erschöpft. So viele Jahre sind vergangen. So viele Jahre, die ihm geholfen haben, mit der Situation einigermaßen fertig zu werden. Jetzt nach fünf Jahren kommen sämtliche negativen Erinnerungen wieder zum Vorschein. All die Dinge, die er verdrängt hat, ausgetauscht hat durch positive Bilder, kommen in diesem Augenblick wieder an die Oberfläche.

«Er ist wieder da», sagt Howard tonlos, ja fast emotionslos.

«Warum jetzt?» Vincent nimmt beide Beutel wieder an sich.

Howard blickt zu der Leiche auf der Parkbank, sieht zu, wie die Zeltplane darüber gespannt wird, um den Tatort vor dem Regen zu schützen, auch, wenn es jetzt zu spät ist. Jemand fährt mit einem Pinsel über die Kleidung der Leiche. Das alles macht keinen Sinn.

«Ich weiß es nicht, Vincent. Ich weiß es nicht.»

11

Es regnet noch immer. Der Schatten geht gemächlich einen Rollstuhl vor sich herschiebend an der Absperrung vorbei. Die Officers beachten ihn nicht. Ihre einzige Aufgabe besteht darin, aufzupassen, dass sich niemand dem Tatort nähert. Der Schatten hält den Kopf gesenkt. Die Kapuze seines Regenmantels fällt ihm tief in die Stirn, die Regentropfen prasseln gegen den Mantel. Niemand wundert sich, dass jemand einen Rollstuhl bei diesem Wetter vor sich herschiebt. Niemanden interessiert es, dass die Person im Rollstuhl nass wird und aus glasigen Augen vor sich hinstarrt, die Hände ineinander verkrampft. Regen tropft ihr ins Gesicht, läuft die Nasenspitze hinab auf die Oberlippe. Der Schatten kann noch einen kurzen Blick auf den Ermittler werfen und etwas flüstern, das niemand hört, niemand hören kann und darf.

«Du hast jetzt andere Sorgen, mein Freund.»

Der Schatten taucht in den Regen ein und ist bald nicht mehr zu sehen. So als wäre er nie da gewesen ...

12

Ich stehe im Keller und starre gegen die weiße Wand, als ich an die Wut denke, die ich einfach nicht abstellen kann. Seit heute früh begleitet mich dieses Gefühl, ebbte ab, als ich vor seiner Praxis stand – wenn man das seine Praxis nennen darf, denn seine Luxusräume befinden sich in einem anderen, besser betuchten Viertel Washingtons. Die Räumlichkeiten, in denen er uns behandelt, sind im ärmlichen Gebiet. Dort, wo Gewalt an der Tagesordnung steht.
Es ist nicht nur die Wut, die mich im Griff hat. Ich bin froh, dass ich den ersten Schritt getan habe. Es war das Gefühl, eine Grenze überschritten zu haben. Eine Grenze, an die ich nicht zurückkehren kann. Nicht, weil es mir leidtut, was ich mit Samantha gemacht habe, sondern weil ich der Meinung bin, dass sie es verdient hat. Die kleine Schlampe musste ja ihren Mund aufmachen, Fragen stellen, zeigen, dass sie schlau ist. Aber ich habe ihr den Mund gestopft und sie sehen lassen. Für immer und ewig.

Ich denke an mein erstes Tier zurück. Es war nicht meines. Es war die Katze, die im Heim ein und aus ging. Wenn ich von meinen Terminen mit ihm zurückkam, fühlte ich mich einsam, alleine, niemand verstand mich. Ich verstand mich ja selbst nicht und das, was mit mir passiert ist.

Die Katze, Fay – sie war weiß mit langem Fell und blauen Augen – war nicht scheu. Ich glaube, sie dachte, Kinder können nicht böse sein. Kinder würden sie immer streicheln, immer mit ihr kuscheln. Doch an jenem Tag, als ich von ihm zurückkam, war ich kein Kind mehr. Ich war sieben, aber kein Kind mehr.

Ich hatte Fay immer geliebt, sie sogar heimlich mit ins Bett genommen und bin von ihrem Schnurren eingeschlafen, den warmen Körper dicht an mich gepresst, ihre Wärme und ihr Vertrauen in mich aufsaugend. Aber an jenem Tag sah ich Fay mit anderen Augen. Ich wollte ihr weh tun. Ich habe so getan, als würde ich bereuen, dass ich sie gezwickt habe und sie getröstet und Fay war dankbar, kam schnurrend zu mir zurück, nur damit ich sie wieder kneifen konnte. Fester. Und Fay kam immer wieder. Schnurrend, mit einem ängstlichen Blick in ihren wunderschönen Katzenaugen. Sie hing an mir und ich hing an ihr. Es war ein Gefühl der Macht, das ich über sie hatte. Ein Gefühl, das ich steigern wollte.

Eines Tages kam Fay, ihr Fell war lange nicht mehr so schön weiß, wie früher, denn es nahm sie mit, was ich ihr antat. Sie kam zu mir, legte sich auf meinen Schoss und rollte sich zusammen, als ich meine Hände um ihren Hals legte, ihren Puls unter meinen Finger fühlend und ihr Köpfchen umdrehte. Schnell, denn sie wehrte sich und war verflucht stark. Es knirschte, sie schrie, zappelte, kratzte mich, aber ich war zu stark. Das Kreischen habe ich heute noch im Ohr.

Sie fanden mich mit Fay im Arm. Ich weinte, aber es tat mir nicht leid. Ich weinte nur, weil ich Fay nicht mehr quälen konnte und weil sie mich wieder zu ihm brachten ...

Das Wimmern hinter mir bringt mich wieder zurück in die Gegenwart. Die Lesbe bewegt sich, stöhnt und jammert. Ich verstehe gar nicht, was sie hat. Sie kennt die Qual, eingesperrt und ausgeliefert zu sein.

Sie liegt hilflos auf dem kalten Betonboden. Ich habe sie verschnürt wie ein Päckchen, naja eher wie ein Bondage-Päckchen und natürlich ist sie nackt. Ich will zusehen, wie ihr Körper auf mich reagiert, will sie riechen, ihr Blut und ihren Schweiß schmecken. In mir breitet sich wieder diese Welle der Zufriedenheit aus, sie kommt mit der Macht, die ich habe. Die Macht, alles zu tun, was ich will. Sie liegt auf der Seite. Die Beine sind angewinkelt und das Seil zieht ihre Knöchel straff in Richtung Schultern, verbunden mit dem Hals. Wenn sie sich zu heftig bewegt und rumzappelt, schneidet sie sich die Luft ab. Sie sollte also besser stillhalten. Ihre Hände habe ich zusätzlich mit den Beinen hinter dem Rücken verbunden, sie ist also komplett eingeschnürt. Ihr Haar hängt strähnig ins Gesicht, die Wimperntusche ist verlaufen und verleiht ihr das Aussehen eines Horrormonsters. Für ihr Alter hat sie feste Brüste, die Warzen stehen steil aufrecht. Ich möchte sie zwischen meine Zähne nehmen und damit spielen, aber ich steigere meine Vorfreude auf unser gemeinsames Spiel. Das schönste an ihr ist aber die rasierte Muschi. Komplett. Nackt. Die inneren Schamlippen hängen nicht heraus. Ich kann lediglich den glatten Hügel sehen und den Ansatz ihres Schlitzes.

Ich gehe neben ihr auf die Knie, streiche ihr über das Gesicht, berühre ihre Lippen mit meinem Daumen und sehe sie einfach nur an. Sie ist wirklich hübsch.

Und ein echtes Opfer. Vermutlich die weibliche Rolle in ihren Frauenbeziehungen. Ich habe so viele Fragen und nehme ihr deshalb das Klebeband vom Mund. Sie holt mehrmals tief Luft, röchelt und hustet, zieht die Nase hoch. Jetzt blickt sie mich verdammt wütend an. Ihre Augen funkeln.

«Was zur Hölle soll der Scheiß? Soll das witzig sein, du Arschloch?»

Ich betrachte sie mit einem Lächeln auf den Lippen. Plötzlich finde ich sie nicht mehr so schön.

«Bist du schon einmal gefoltert worden?» Meine eigene Stimme klingt fremd.

«Sag mal, hast du einen Knall?» Wo nimmt diese Frau bloß den Mut her? Ich an ihrer Stelle würde vor Angst zusammenbrechen. Oder nimmt sie mich nicht ernst?

«Ich an deiner Stelle wäre nicht so mutig, also Respekt. Allerdings klingen deine Worte respektlos in meinen Ohren und ich fürchte, ich muss dir dafür eine Lektion erteilen.» Etwas unsicher starrt sie mich an. Langsam stehe ich wieder auf, meine Knochen knacken, meine Füße kribbeln, als das aufgestaute Blut bis zu ihnen fließt. Ich drehe mich in meinem kleinen Bunker um und greife in Richtung der Arbeitsfläche, auf der ich mein Werkzeug vorbereitet habe. Die Lesbe bekommt die scharfe Klinge eines Skalpells zu spüren. Meine Hand zittert ein wenig, als ich das kühle Metall zwischen meine Finger nehme, doch das Gefühl ist schnell vorbei, als ich mich zu ihr umdrehe und wieder in die Knie gehe. Ich beuge mich zu ihr, zu ihrer Brust und lege meine Lippen um ihre Warze, die sich ein bisschen wie harter Gummi anfühlt, weil sie so kalt ist. Ein Schauer fährt durch ihren Körper. Es scheint ihr zu gefallen. Ihre Reaktion lügt nicht. Ich spiele noch ein bisschen mit der Zunge um ihre Brustwarze und beiße dann hinein. Sie zuckt zusammen, gibt einen hohen Schrei von sich, der überhaupt nicht zu ihr passt. Der Ton geht direkt in meine Lenden. Gierig ziehe ich den Reißverschluss meiner Hose auf. Unter ihr bin ich nackt. Ich verabscheue Unterwäsche, denn ich liebe den harten Jeansstoff, der um meine Eier reibt, wenn ich gehe. Angewidert starrt sie auf meinen Schwanz. Wer nur Fotzen kennt, weiß einen harten Prügel nicht zu schätzen. Sie starrt ihn angewidert an. Aber sie hat Glück. Ich ficke keine Lesben.

Mit dem Skalpell fahre ich über die Warze, die sich schrumpelig duckt.

«Bitte ... lass das. Das musst du nicht machen.»

Ich lache heiser.

Wie durch Butter fährt die scharfe Klinge in den dunklen Kreis, ritzt das Gewebe auf, bis in die Fettschicht, die erst gelb erscheint und sich dann mit Blut vermischt, das daraus hervorquillt. Sie schreit. Sie schreit so lange, so süß, dass ich mich beherrschen muss. Mit offenem Hosenstall und einem Steifen, der jeden impotenten Mann vor Neid erblassen lassen würde, knie ich vor ihr, nehme ihr die Brustwarze ab und sehe zu, wie das Blut daraus hervorquillt, wie flüssige Lava aus einem Vulkan.

«Stehst du auf Schmerzen?»

Sie kann nicht antworten, weint und wimmert vor sich hin, presst die Lippen fest zusammen, so als würde das den Schmerz lindern.

Sie sieht mich nicht mehr aggressiv an. Jetzt ist sie panisch. Sie hat Angst um ihr Leben.

«Ich werde dir etwas holen ...»

Fast dankbar sieht sie mich an, Tränen schießen aus ihren Augen, laufen die Wangen hinab, vermischen sich mit dem glibberigen Rotz aus ihrer Nase.

Neben meinem Werkzeug steht eine Schale mit ausgepressten Zitronen und einer Flasche Tabasco. Ich blicke auf die abgetrennte Brustwarze und lege sie auf ein Tuch, nehme die Schüssel und das Tabasco und knie mich wieder zu ihr.

«Was ... was tust du?», wimmert sie und versucht einen Blick auf die Schale zu erhaschen. Als sie das Tabasco sieht, windet sie sich. Der Strick um ihren Hals zieht sich zu, sie schnappt nach Luft.

«Ganz ruhig. Nicht so heftig bewegen. Du willst doch nicht sterben.»

«N-n-ein.»

«Sag mir noch eins.»

«Jaaaa, alles was du willst.» Flehend blickt sie mich an. Es kommt. Das Gefühl von unbändiger Macht. Ich habe sie in der Hand. Sie würde alles tun, damit ich nicht das mache, was sie befürchtet. Will sie nicht sterben? Oder will sie sterben und weiß es nur noch nicht. Eine interessante Frage. Würde man schnell sterben wollen, oder hätte man Hoffnung, dass jeden Augenblick der Retter kommt?

«Wovon träumst du?»

Sie zieht Rotz hoch. Ihr Gesicht ist völlig verschmiert und glitzert im Schein meiner nackten Glühbirne, die schmucklos von der Decke baumelt.

Sie schreit, als ich ihr etwas Tabasco in die Wunde träufle, dazu etwas Zitronensaft auf den Wundrand und ich habe fast das Gefühl, sie verliert jeden Moment das Bewusstsein. Ihr Schrei klingt heiser und erstickt von ihren Tränen und Rotz in ihrer Nase. Ich stelle die Schüssel mit der Tabascoflasche neben mir ab und gebe ihr eine Backpfeife.

«Wovon du träumst, will ich verdammt nochmal wissen. Antworte mir.» Ich muss mich ehrlich beherrschen, deshalb sage ich etwas ruhiger, um sie etwas in Sicherheit zu wiegen: «Ich will dir nur helfen. Rette deine Seele, indem du es mir erzählst.»

Ich kann sie kaum verstehen, als sie anfängt zu erzählen.

«Deutlicher.» Mit meinem Po setze ich mich auf meine Fersen, stütze mein Kinn auf meine Knie.

«Ich ... ich ... will doch nur geliebt werden.»

«Ist das dein beschissener Traum? Man träumt doch nicht davon, geliebt zu werden. Man träumt vom Fliegen, tauchen, fallen. Aber doch nicht davon, dass irgendeine perverse Sau einen liebt.» Ich spreche ganz sanft mit ihr, bemüht so zu klingen wie er.

Ihre Pupillen rollen seitlich weg, sodass nur noch das weiße ihrer Augen zu sehen ist. Es tritt nur noch wenig Blut aus der Wunde, fast so als hätte der Saft sie geschlossen.

«Ich träume immer wieder von dem Keller. Und wie er kommt und Dinge mit mir tut. Und dann kommt ein Engel und holt mich zu sich. Rettet mich.»

Ich höre ihr interessiert zu.

«Der Engel hat natürlich eine Muschi, oder?»

Sie schaut mich verwirrt an. «Weiß ich nicht», nuschelt sie, leckt sich über die Lippen. Ihr ganzer Körper ist angespannt. Sie schnappt immer wieder nach Luft, hustet und würgt. Sie hat nicht mehr viel Spielraum, bevor sie sich selbst erdrosselt.

«Deine Qualen», sage ich, «enden bei den Lebenden. Du wirst sie nicht mit in den Tod nehmen. Der Tod bedeutet Freiheit und alle Träume werden vergessen sein, wenn du auf die andere Seite gehst.»

Sie reißt die Augen auf. In ihrer Pupille kann ich mein Skalpell sehen und mich im Hintergrund. Die andere Brust bearbeitete ich genauso sorgfältig. Fasziniert sehe ich zu, wie das Blut auf den Boden tropft, lausche ihren Schreien und komme mit meinem Gesicht an ihres, reibe meine Wange an ihrer Wange und flüstere ihr ins Ohr, dass ich sie liebhabe. Dass ich sie retten werde, dass ich aufpassen werde, dass ihr nie wieder so etwas Schlimmes passieren wird. Sie weint. Die warmen Tränen berühren meine Lippen. Ich koste von ihnen. Ich küsse sie, streichele ihr über die feuchten Haare. Und dann sehe ich in ihre Augen und ich kann erkennen, dass sie mich dankbar ansieht, als ich das Skalpell in ihre Rippen stoße, bewege und immer und immer wieder damit in sie fahre. Meine Hand bewegt sich mittlerweile in ihrem Körper und ich nehme ihr damit das Leben aus ihr, während ich ihr unablässig in die Augen sehe und ihre Dankbarkeit in mich aufsauge.

Ich bin so hart, dass ich den Keller verlasse, da ich alleine sein will. Unter der Dusche reibe ich so stark an mir, dass es fast schmerzt, aber die Erlösung kommt so schnell und heftig, dass mir fast schwarz vor Augen wird. Dann sitze ich in einer roten Pfütze aus Schleim, Blut und Sperma und fühle mich mächtiger, als je zuvor. Ich habe sie gerettet. Und sie hat mich gerettet.

13

Howard reibt sich über die Stirn in der Hoffnung, die quälenden Kopfschmerzen damit zu vertreiben. Seit er an den Tatort gekommen ist, plagt ihn bereits dieses unerträgliche Stechen.

«Denkst du, er ist wieder da?»

Howard schließt die Augen. «Du weißt, dass er wieder da ist. Niemand sonst kennt diese Zettelspielchen und die Signatur. Außer diejenigen, die mit dem Fall zu tun hatten.»

«Howard, es ist fünf Jahre her. Warum sollte er ausgerechnet jetzt ...»

«Ich weiß es nicht, Vincent», fährt Howard ihn gereizt an. Wenn er es wüsste, hätte er ihn schon vor fünf Jahren geschnappt und ihm vermutlich die Seele aus dem Leib geprügelt, für das, was er Laura angetan hatte.

«Hey Leute. Ich habe Tobias noch etwas aus den Rippen leiern können.» Rick kommt gemütlich auf sie zugeschlendert. In der einen Hand hält er eine Beweismitteltüte, in der anderen seine E-Zigarette, an der er seit mehreren Monaten nuckelt und Howard dabei an einen Säugling mit einem Schnuller erinnert.

«Verflucht nochmal, Jungs. Das ist mein Tatort. Geht zu eurem Spielplatz zurück.» Tobias eilt Rick hinterher, der so tut, als hätte er ihn gar nicht gehört.

«Wir gehören zum Team, Tobias. Wir sind die Jungs, die die beschissene Arbeit machen, also halt dich zurück.» Tobias bleibt überrascht stehen und blickt zwischen Howard und Vincent hin und her.

«Eine Schneekugel. Mit dem Eiffelturm als Motiv und dem Schriftzug Lovely Paris.»

«Prima. Die Dinger kann man zuhauf überall in Dekoshops kaufen», sagt Howard und verschränkt die Arme vor der Brust.

«Nicht mit einer persönlichen Widmung auf dem Boden», sagt Rick triumphierend und liest vor: «Für mein Vorbild. Deine Tochter Dana Hanks.»

«Dürfte ja leicht herauszufinden sein, wem das Ding gehört. Allerdings ist der Name jetzt nicht sonderlich selten. Aber immerhin haben wir jetzt einen Anhaltspunkt.»

Howard betrachtet die Kugel, die sich hinter dem Plastik verbirgt. Für einen Moment ist er versucht, sie zu schütteln, unterdrückt den Impuls aber sofort wieder.

«Für mich ist das zu offensichtlich. Warum sollte der Mörder diesen Gegenstand zurücklassen? Ich glaube, da will uns jemand eine Falle stellen, uns in die Irre führen.»

Howard gibt die Tüte an Tobias zurück. «Ich finde so einiges merkwürdig an dem Fall, Rick.»

«Was ist noch?»

Er sieht rüber zu Tobias, lässt seinen Bick eine weile auf ihm ruhen. So will er ihm sagen, dass die nächsten Worte nicht für ihn bestimmt sind. Tobias hebt genervt die Schultern und rollt mit den Augen. Howard kann so etwas wie «Kinder» raushören, als er sich umdreht.

«Also? Was ist los, Howard?» Rick hält seine E-Zigarette an den Mund, drückt auf den Knopf und ein knisterndes Geräusch entsteht, woraufhin er langsam einatmet. In Howards Ohren klingt es gefährlich, so als ob ihm das Teil gleich explodieren würde.

«Er ist wieder da.»

Rick wird sofort ernst, die Augen zu schmalen Schlitzen verengt, die Lippen zusammengepresst. Er blickt zwischen Howard und Vincent hin und her.

Vincent hält ihm die Tüte mit dem Schnuller hin, die Rick mit fassungslosem Gesichtsausdruck entgegen nimmt.

«Warum bist du dir sicher, dass er es ist?» Rick begutachtet den Schnuller von allen Seiten und gibt ihn zurück an Vincent, der die beiden schließlich alleine lässt und zurück zum Tatort geht. Howard und Rick sehen ihm nach.

«Er hat mich bereits vor einigen Monaten kontaktiert. Erinnerst du dich noch an die Bar am Krankenhaus?»

Rick nickt.

«Er hat mir eine Botschaft geschickt.»

«Wann? Wir waren doch auch da. Kathlyn und ich.»

«Da wart ihr schon weg.»

«Und du hast nichts erzählt?»

«Schmoll nicht rum, Rick. Ich war mir selbst nicht sicher und irgendwie wollte ich es wohl auch verdrängen.»

Rick hob abwehrend die Hand. «Ich schmolle nicht. Ich bin einfach der Meinung, dass man sich als Partner alles sagen sollte. Und in dem Fall erst recht.» Er macht eine kurze Pause, bevor er weiterspricht. «Tut mir leid, Howard. Wir werden das Schwein kriegen.»

Howard fährt sich durch die Haare. «Ich verstehe einfach nicht, was er mit diesem Fall zu tun hat. Und warum jetzt? Hat er die Frau umgebracht? Und wieso hinterlässt er uns eine Spur?» Verzweifelt kneift er sich mit Daumen und Zeigefinger zwischen den Augenbrauen. Das ist persönlich. Verdammt persönlich. «Was habt ihr über die Tote?»

«Samantha Gaynor. Einundzwanzig. Studentin an der Virginia Tech Carilion School of Medicine.»

Erstaunt hebt Howard eine Augenbraue.

«Wir haben ihren Studentenausweis im Portemonnaie gefunden. Ihr Handy ist bei Tobias. Ich denke, wir werden schnell mehr über sie herausfinden.»

«Todesursache?»

«Genaueres kann uns die Gerichtsmedizin sagen.»

«Was ist mit den Kameras im Park?»

«Lustig, dass du es erwähnst. Der Parkwächter ist tot aufgefunden worden. Sieht nach Junkie aus.»

«Lass mich raten», stöhnt Howard genervt, «keine Aufzeichnungen?»

«Nein, aber er wurde mit einer Spritze im Arm auf dem Boden gefunden. Laut Akte war er schon wieder clean seit zwei Jahren, weshalb er den Job wohl auch bekommen hat. Sein Chef ist untröstlich.»

«Mhm», murmelt Howard abwesend. «Ich will so schnell wie möglich wissen, was es mit dieser Schneekugel auf sich hat.»

«Das interessiert mich auch brennend.» Rick zieht wieder an seiner E-Zigarette.

«Irgendwann fliegt dir das Ding um die Ohren. Gab es erst kürzlich so einen Fall ...»

«Du nervst, Howard.»

«Ich weiß. Komm lass uns mal nach der Toten sehen.»

«Samantha.»

«Was?»

«Die Tote. Sie heißt Samantha.»

Erst jetzt bemerkt Howard, dass er nicht richtig bei der Sache ist. So viele Ermittlungen, die sie gemeinsam durchgeführt haben, und jedes Mal war ihnen wichtig, dass sie die Toten – wenn sie es wussten – beim Namen nannten, und jetzt ...

«Shit, sorry.»

«Du brauchst dich nicht bei mir zu entschuldigen, Howard.»

Mittlerweile stehen sie hinter dem Absperrband, Samantha direkt vor ihnen. Joelle Martin gibt sie zum Abtransport frei.

«Seit wann ist die Frau tot?», fragt Howard den schlaksigen Gerichtsmediziner, der ihn nicht ansieht, als er antwortet. Im Reich der Toten ist Joelle zu Hause. Zwischen lebenden Menschen fühlt sich der brillante Mann unwohl.

«Mehr als vierundzwanzig Stunden. Die Leichenstarre löst sich bereits wieder.»

Howard beugt sich zu der Toten und sieht ihr in die Augen.

«Todesursache war aller Voraussicht nach Herzversagen, aufgrund erheblichen Blutverlusts. Wenn ich mir die Tote aber so ansehe, sieht sie aus, als wäre sie gefoltert worden. Also genaueres kann ich Ihnen aber erst sagen, wenn sie bei mir auf dem Tisch liegt. Sie sind herzlich eingeladen.»

«Melden Sie sich einfach, wenn Sie detailliertere Infos haben, Doktor», weicht David aus. Er hasst Autopsien und ist nicht unbedingt scharf drauf, einer beizuwohnen, wenn es nicht zwingend notwendig ist.

«Haben Sie alles, oder wollen Sie den Tatort genauer sehen?», fragt Joelle.

«Nein. Ich denke, wir haben alles.»

Howard entfernt sich mit Rick. Gemeinsam gehen sie zum Auto, um zurück zur Zentrale zu fahren.

14

Kathlyn blickt gemeinsam mit Bob auf den Bildschirm. Direkt davor sitzt Thomas, der IT Techniker des Teams, der die Bilder nacheinander auf den Screen holt.

«Ist ja mal was Neues», murmelt Bob.

«Was?»

«Eher kann ich mir vorstellen, dass Augen zugenäht werden. Zumindest könnte ich es mir logisch so erklären, dass die ...», beginnt Bob, wird aber von Kathlyn sofort unterbrochen.

«Die Täter wollen nicht, dass die Toten sie erkennen. Du guckst zu viel CSI», antwortet Kathlyn und sieht sich die Tote auf der Bank genau an. «Und hier will der Mörder, dass die Tote etwas sieht? Oder eher wir? Etwas Bestimmtes. Nur was? Es sieht ohnehin alles sehr inszeniert aus.»

«Soll ich mal vergrößern?», fragt Thomas mit der Hand auf der Maus.

«Warte ...» Kathlyn geht näher an den Bildschirm. Fast könnte man meinen, es handele sich um ein absichtlich konstruiertes Foto mit einem Model. Sie sitzt friedlich auf der Parkbank. Der Hintergrund ist grau, ihr Gesicht feucht vom Regen, sie trägt einen dunklen Wollmantel, die Hände sind auf ihrem Schoß gefaltet, ihr Blick fällt darauf. So als starre sie etwas an.

«Es wurde ein Gegenstand in ihren Händen gefunden, nicht wahr?»

Thomas klickt die nächsten Bilder weiter, bis eine

Großaufnahme auf die Hände zeigt. Auf dem Foto ist ein Gegenstand zu sehen. Kathlyn muss nochmal hinsehen und schnappt nach Luft.

«Ist das ein ...?»

«Schnuller», sagt sie tonlos, richtet sich auf und streicht sich durch die Haare.

«Ob das Blut ist?» Thomas schüttelt ebenso fassungslos den Kopf.

«Das andere ist eine Schneekugel. Sieht aus wie ein umgestürzter Eiffelturm», sagt Bob.

Es folgen weitere Bilder. Nahaufnahmen der Fingerspitzen. Die Nägel fehlen.

«Mein Gott. Er hat ihr jeden Nagel gezogen.»

Sie schweigen, klicken sich durch die Bilder, als Kathlyns Handy vibriert. Es ist Howard.

«Habt ihr die Bilder schon gesehen?», fragt er und klingt angespannt.

«Ja.»

«Wie ist deine Meinung?»

«Auf die Schnelle?»

«Hm», brummt Howard.

«Der Täter hat die Leiche kunstvoll in Szene gesetzt. Ihre Augen starren auf die Hände, in denen er uns etwas hinterlassen hat. Eine Schneekugel und einen Schnuller. Das erste Bild wirkte auf mich wie eine inszenierte Fotosession. Alles hat gepasst. Vom Mantel, bis hin zu den feuchten Haaren und Gesicht. Sie saß fast friedlich dort. Da will uns einer was sagen.»

«Interessant. Du meinst also, sie ist in einem Rollstuhl zur Parkbank gefahren worden.»

«Anders wäre zu auffällig. Es gibt auch Menschen, die nachts im Park unterwegs sind. Und sei es nur ein paar Kleinkriminelle. Außerdem ist jeder Park

Videoüberwacht», sagt Kathlyn und wendet sich vom Bildschirm weg.

« Das bedeutet aber auch, dass der Täter einen größeren Wagen fährt. Einen Kombi, Minivan oder vielleicht sogar Kleinbus.»

«Interessant. Rick, lass die Kameras der überwachten Straßen überprüfen. Sie sollen auf einen Kombi, Minivan oder Bus achten, der in den frühen Morgenstunden in der Nähe des Parks gehalten oder weggefahren ist. Sehr gute Arbeit, Kathlyn.»

Kathlyn spürt, dass ihre Wangen rot werden. Seit ihrem letzten gemeinsamen Fall mit Howard spürt sie, dass sie etwas für diesen Mann empfindet, das über kollegiale Freundschaft hinausgeht. Aber sie muss sich von ihm fernhalten. Er darf so vieles nicht wissen. Er würde es nicht verstehen.

«Was ist mit der Überwachung im Park? Es gibt doch sicherlich einen Parkwächter.»

Howard seufzt. «Der ist leider tot aufgefunden worden und die Bänder wurden entfernt.»

«Mist.» Dann fällt ihr noch etwas ein. «Warum bist du dort? Was hat die Tote mit dir zu tun? Möglicherweise können wir da ansetzen?»

Stille.

«Howard? Kannst du mich hören?»

«Ja, ich kann dich hören. Das erzählen wir, wenn wir wieder im Büro sind.»

«Seid ihr auf dem Weg?» Kathlyn ist verwundert. Er macht es spannend, also muss es etwas Wichtiges sein. Und etwas Ernstes.

«Ja. Wir sind in zwei Stunden da. Sag Thomas, er soll sich die Daten der Überwachungskameras besorgen. Beschluss geht gleich raus.»

«Alles klar. Bis später.» Kathlyn legt auf.

«Was sagt Howard?», will Bob wissen und wendet sich nun ebenfalls vom Bildschirm ab.

«Thomas soll die Überwachungskameras in der Nähe des Parks überprüfen. Wir suchen nach einem Van oder Transporter, der sich in den frühen Morgenstunden dort aufgehalten hat.»

«Gut, mach ich», sagt Thomas, ohne den Blick vom Monitor zu nehmen.

«Sonst noch was?»

«Das will er uns sagen, wenn er hier ist. Sorry, ich muss mir mal einen Kaffee holen. Will noch jemand welchen?»

«Hier!», ruft Thomas. «Schwarz bitte.»

«Für mich nicht, danke.»

«Bin gleich wieder da.»

Im Flur lehnt sich Kathlyn an eine Wand und atmet tief durch. Die Anziehung, die Howard auf sie ausübt, wird langsam zum Problem. Es geht schon soweit, dass sie Zweifel aran hat, ob sie noch problemlos mit ihm zusammenarbeiten kann. Von ihm geht so viel Verletzlichkeit aus, mehr als ihr guttut, da auch sie lediglich eine Rolle spielt.

«Kathlyn. Ist alles in Ordnung?» Stephen Winters, Chef der Abteilung und damit direkter Vorgesetzter von Howard, kommt auf sie zu. Er sieht übermüdet aus, dunkle Ränder unter den Augen und die Blässe vervollständigen das Bild.

«Bestens. Mein erster Tag und gleich ein neuer Fall. Es kommt mir vor, als hätten wir erst gestern an Missing Twins gearbeitet.»

Stephen nickt zustimmend, sieht aber für einen

Moment so aus, als hätte er ihr gar nicht richtig zugehört.

«Irgendetwas ist mit dem neuen Fall, nicht wahr?»

Verwirrt sieht er sie an. «Ich gehe davon aus, dass Howard euch die Einzelheiten dazu berichten wird. Aber ja, Sie vermuten schon richtig.»

«Dann warte ich, bis Howard mit Rick zurückkommt.»

«Ihre Akte ist immer noch gesperrt, Kathlyn. Ich würde Ihnen aber vorschlagen, mit Ihrem neuen Team darüber sprechen. Nur so kann eine vertrauenswürdige Zusammenarbeit möglich sein.»

Etwas erstaunt über den raschen Themenwechsel stößt sich Kathlyn von der Wand, im Begriff in Richtung Küche zu gehen.

«Ich kann noch nicht ...»

«Sehen Sie es als Therapie für sich selbst. Jeder von uns hat schon eine Menge gesehen und wird Sie nicht verurteilen, für das, was Sie ...»

«War es das?», sagt sie kühl, kühler als eigentlich beabsichtigt.

«Entschuldigung.»

«Schon gut.» Wie auf der Flucht rennt sie den Flur entlang zu den Toiletten. Sie kann nicht darüber reden. Sie wird es auch nicht, denn ihr Deal mit dem FBI lautet, dass die Akte gesperrt wird. Für jeden.

«Ich kann nicht darüber reden ...» Tränen steigen ihr in die Augen, die Kehle brennt, während sie versucht, sie zurückzuhalten. «Oh bei Gott, ich kann einfach nicht.»

15

Thomas richtet seinen Blick auf seine Patientin, allerdings starrt er eher durch sie hindurch, da er eigentlich längst auf dem Heimweg sein sollte. Ruth ist eine gut situierte Mittvierzigerin mit der einzigen Macke, sich ständig operieren zu lassen. Rein psychisch fehlt ihr außer ein bisschen Selbstreflexion nichts weiter. Auf dem Weg zu seinem Haus hat sie angerufen und mit hysterischer Stimme erklärt, sie müsste ihn unbedingt sprechen, das Wochenende stünde bevor, sie sei auf eine Galaveranstaltung eingeladen und sie bräuchte noch ein seelisches «pimp-up», wie sie es immer nennt. Bevor er in sein Behandlungszimmer gegangen ist, hat er Mariah, seine Sprechstundenhilfe, gebeten, bei der Reinigungsfirma anzurufen und nachzufragen, ob etwas bei der letzten Reinigung kaputtgegangen ist, da er etwas vermisst.

Während Ruth über ihr belangloses Leben spricht, erinnert er sich, was fehlt. Die Schneekugel aus Paris. Seine Tochter hat sie ihm mitgebracht, als sie für mehrere Monate ein Auslandsstudium absolvierte. Vermutlich hat eine Putzfrau dieses Andenken aus Versehen kaputtgemacht und sich nicht getraut, es ihm zu beichten. Was sollte jemand mit der Schneekugel anfangen? Auf der Unterseite befindet sich eine Gravur mit einer persönlichen Widmung seiner Tochter. Ehrlich gesagt fand Thomas die Schneekugel immer kitschig, deshalb stand sie auch in der Praxis, die er für den freiwilligen Dienst angemietet hat. Seit knapp zwei Jahren bietet Thomas sich für diesen freiwilligen Dienst an, um der Gesellschaft etwas zurückzugeben. Manchmal glaubt man, man könnte das Karma des Universums positiv stimmen.

«... und diese Frau, die jetzt mit Sascha zusammen ist, ist fünfzehn Jahre jünger als ich und sie ist ein Model», plappert Ruth munter drauf los, als wäre diese Tatsache schon ein Grund, ihr Leben beenden zu müssen.« Sie ist all das, was ich nicht bin. Knackig, charmant und soll wohl auch keine Schamgefühle im Bett haben. Sie wissen doch, Doktor Hanks, dass ich ausgiebigen Sex nicht leiden kann. Mir fällt es auch immer noch schwer, meine Gefühle offen zu zeigen, deshalb kann ich keinen Orgasmus bekommen und das Licht bleibt sowieso aus. Ach, ich weiß gar nicht, was er an ihr findet. War ihm unser Sex denn nicht mehr gut genug? Wenn man sich liebt akzeptiert man doch, dass der andere sich nicht wohlfühlt, wenn er beim Sex angestarrt wird. Ich weiß auch echt nicht, was an Sex soooo ...» dabei hebt sie ihre Hände in die Luft, um ihrem «soooo» mehr Bedeutung zukommen zu lassen. « … unglaublich wichtig sein soll. Es gibt weitaus wichtigere Dinge im Leben ...» Thomas klinkt sich gedanklich wieder aus. Er hat mit Ruth wirklich schon fast jede Therapie versucht. Sie ist weder einsichtig, noch möchte sie an ihrer Einstellung zu sich selbst etwas ändern, was ihn grundsätzlich zu der Auffassung veranlasst, dass sie keineswegs psychisch labil ist, sondern die stärkste Patientin und Frau, die er bislang kennengelernt hat. Sie ist sehr dominant und fast schon narzisstisch veranlagt, wäre sie noch selbstbewusster und würde es nicht so sehr zeigen, wie sehr sie an sich zweifelt. Nach außen tut sie sich gerne leid, findet sich hässlich und nicht akzeptiert. Das viele

Geld hat sie von ihren Eltern geerbt, deren letzter Wille lautete, sie solle das Geschäft weiterführen. Leider interessiert sie der letzte Wille ihrer Eltern gar nicht. Sie hat die Firma nicht mal ein halbes Jahr nach dem Ableben ihrer Eltern verkauft und lebt nun vom Erbe und dem Gewinn aus dem Verkauf wie die Made im Speck, bewohnt eine großzügige Villa am Stadtrand und begibt sich immer freiwillig unters Schönheitsmesser, wie sie es nennt.

«Ich habe mir heute Morgen Hyaluron in die Lippen spritzen lassen, weil ich diese Fältchen um den Mund schrecklich finde. Jetzt ist alles noch geschwollen. Ich hoffe, ich sehe morgen gut aus, damit ich gegen die neue Ziege anstinken kann», erzählt sie weiter. Thomas muss sich Mühe geben, sie interessiert anzusehen. Bei Ruth sieht die Therapie so aus, dass sie erzählt und er zuzuhören hat. Der Scheck, den sie ihm für seine Stunden ausstellt, macht die fehlende Hilfe wett. Und wenn es ihr hilft, dass sie sich danach besser fühlt, ist sein Job getan, redet sich Thomas immer wieder ein, um sein Gewissen zu beruhigen.

«Ich will doch nur, dass mich jemand liebhat, so wie ich bin. Meine Persönlichkeit, meinen Charakter und meinen Humor. Es kotzt mich ehrlich gesagt an, mich ständig für andere verschönern zu müssen, nur weil es die Titelbilder der Modemagazine vormachen. Die sind doch auch alle retuschiert. Glatte Beine, Faltenfreie Gesichter, schöner Busen. Aber für die anderen muss man eben ein Bild darstellen. Jemand anderes sein.» So viel zum Thema Narzissmus, denkt er. Das hat Thomas heute schon mal gehört. Nur aus einer komplett anderen Richtung. Man kann so viel Geld haben wie man will, die Probleme bleiben dennoch die gleichen.

Ruth seufzt auf, streicht sich mit frisch manikürten Fingernägeln eine Strähne aus dem Gesicht und blickt ihn mit ihrem neuen Schmollmund lächelnd an. Das Lächeln reicht gerade so bis zu ihren Augen; vermutlich passt sie da gewaltig auf, damit Fältchen keine Chance haben, sich in ihre Haut einzugraben.

«Hach, Doktor Hanks. Vielen Dank für Ihre Zeit und Ihr offenes Ohr. Sie haben mir mal wieder sehr geholfen.»

«Gern geschehen, Ruth.»

«Sie sind einfach der einzige Mann, der mich versteht. Nun», sie seufzt theatralisch, «vermutlich sogar der einzige Mensch.»

Er lächelt. Wie er es immer tut, wenn Ruth zum Ende kommt. Die ersten Sitzungen sind so verlaufen, dass er wirklich helfen wollte, aber Ruth hat es immer wieder geschafft, das Gespräch an sich zu reißen, jedwede Idee zur Heilung abgeblockt.

«Dann drücke ich mir mal die Daumen, dass die Gala morgen so verläuft, wie ich es mir vorstelle.» Sie steht vom Stuhl auf, nimmt dabei ihre Tasche vom Boden und reicht ihm ihre Hand. «Bis zum nächsten Mal, Doktor Hanks. Sie sind der beste Therapeut, den ich je hatte.» Auch das erwähnt Ruth nach jeder Sitzung.

«Das höre ich gerne. Ich wünsche Ihnen einen wunderbaren Abend morgen.»

«Danke sehr. Für Sie und Ihre Frau auch.» Sie nimmt ihren riesigen Schal, legt ihn sich um die Schultern und verlässt die Praxis, indem sie die Tür leise hinter sich zuzieht. Wenige Minuten später klingelt das Telefon auf dem Schreibtisch.

«Doktor Hanks?» Es ist Mariah, die

Sprechstundenhilfe.
«Mariah. Sie sind ja noch da.»
«Ja, bin ich. Ich wollte Ihnen wenigstens Bescheid sagen, dass die Reinigungsfirma mit der Putzfrau gesprochen hat. Sie hat die Schneekugel weder entwendet, noch kaputt gemacht. Die Reinigungsfirma glaubt ihr, denn sie hat sofort angefangen zu weinen, aus Angst um ihren Job und versichert, dass sie mit dem Verschwinden nichts zu tun hat.»
«Danke Mariah für Ihr Engagement», sagt Thomas nachdenklich und legt den Hörer auf. Dann muss es ein Patient gewesen sein. Äußerst schade, denn aus denen wird er sicherlich nichts über den Verbleib der Kugel erfahren.
Als nächstes ruft er seine Frau an, die besorgt klingt.
«Es tut mir leid, dass ich nicht vorher angerufen habe, aber Ruth bat noch dringend um eine Sitzung.»
«Ach Thomas. Du hättest mir auch eine Nachricht schicken können.»
Er lächelt. «Du weißt doch, dass ich mit den Dingen überfordert bin.»
«Aber Arzt sein wollen», sagt sie mit tadelnder Stimme.
«Wir Ärzte sind altmodisch und arbeiten noch mit Papier und Stift. Ich komme jetzt heim. Soll ich noch Wein mitbringen?»
«Wenn du möchtest, gerne. Aber viel dringender brauche ich Öl, Darling.»
«Gut. Dann bringe ich von unserem Lieblingswein mit. Ich liebe dich, Schatz.»
«Ich dich auch. Fahr vorsichtig.»
Thomas legt auf, nimmt seinen Mantel und die Tasche und verlässt das Büro mit einem unguten

Gefühl, das er erfolgreich verdrängt.

Sein Leben läuft bestens. Er hat eine wunderbare Familie, einen guten Job und hilft Menschen in Not. Kein Grund zur Sorge.

16

Während die beschissene Lesbe tot in meinem Keller liegt, trockne ich mich ab und ziehe mir frische Klamotten an. Ich habe Hunger, aber wie immer nichts Essbares im Kühlschrank, also bestelle ich mir eine Pizza. Gut belegt mit Schinken, Zwiebeln, Knoblauch und extra Käse. Bis ich gegessen habe, muss die Lesbe ohne mich verrotten. Ich stelle das Telefon auf die Ladestation und nehme die Karte zur Hand, die ich auf dem Tisch abgelegt habe. Mit einem schwarzen, wasserfesten Filzstift habe ich auf das Motiv gekritzelt – ein kleines rosa Schweinchen mit einer Sprechblase, worauf steht: Wir tun es schon wieder. Dem dümmlich grinsenden Schweinchen habe ich einen Schnurrbart verpasst. Unter den Worten in der Sprechblase steht Rache. Ich drehe die Karte um und lese zum gefühlten tausendsten Mal die Worte darauf.

Wie ist es Dir ergangen?
Wir wollen es herausfinden und laden Dich deshalb zu einem kleinen Treffen ein.
Wann? Am 12. August 2016.
Wo? In der Bar «Schoschu».
Komm einfach, wenn es Dir passt.

Wir freuen uns auf Dich.

Die Karte ist nicht unterschrieben, aber beim Treffen

fand ich heraus, wer die Einladung ausgesprochen hat. Lily. Alle sind ihrer Einladung gefolgt. Alice, Ralph, Mike und ich. Fünf Erwachsene. Damals fünf Kinder. Fünf Kinder ohne die Aussicht auf eine schöne Kindheit. Ohne Aussicht auf ein schönes Leben. Dachte ich.

Dachte ich.

Ich zerknülle die Karte fast in meiner Faust. Ich dachte so viel und doch so wenig. Denn irgendwann sind all die Dinge, die er mit uns gemacht hat, in unseren Gehirnen verschwunden. In irgendeiner Schublade im Kopf. In einer winzigen Zelle sicher verwahrt. Ja, dachte ich ...

Aber ich wurde am 12. August eines Besseren belehrt. Denn das war der Tag, an dem die Zelle, die Erinnerungen, die ach so gut versteckt waren, wieder hochkamen und mit ihnen kam noch etwas anderes. Neid. Neid gegenüber dem, was die anderen hatten. Etwas, das ich niemals besitzen würde. Schöne Erinnerungen an die Kindheit. Ein Grundstein, auf dem ihr weiteres Leben aufgebaut werden konnte. Ein gutes Leben. Mit einem Partner, mit Kindern, mit Jobs. Etwas, das man im Leben braucht, um glücklich zu sein.

Erst da begriff ich, dass ich niemals glücklich gewesen bin. Etwas hat mir immer gefehlt: Liebe.

Und sie haben sie gefunden. Für sich und für andere.

Aber es kam noch etwas hinzu: Hass und der Wunsch, es demjenigen heimzuzahlen, der dafür gesorgt hat, dass mir all das nicht vergönnt gewesen ist. Wie oft hatte ich mich bei dem Treffen gefragt, warum die anderen es geschafft haben? War ihnen nicht dasselbe passiert, wie mir? Hatte er das alles nur mir angetan?

Sie waren alle so glücklich. Alice erzählte von ihrem kleinen Geschäft, das sie von ihren Eltern übernommen hatte. Von ihren Eltern. Die Menschen, die sie adoptiert hatten, ihr eine glückliche Kindheit geschenkt hatten.

Ich streiche die abgegriffene Karte wieder glatt und lehne sie gegen die Wand.

Ich beiße die Zähne zusammen, bis es schmerzt, als ich an ihre leuchtenden Augen denke, weil sie von ihrem Partner erzählt haben, von ihren Kindern, von ihrem ach so scheiß beschissenem Spießerleben, das ich so gerne auch gehabt hätte. Oder Ralph, dessen Partnerin zum zweiten Mal schwanger war und, dass er vor einigen Monaten eine Hypothek auf ein Haus aufgenommen hat, in das sie bald einziehen werden. Mike, der in die Immobilienfirma seines Vaters eingestiegen ist und bald heiraten würde und ... Lily. Die Lily mit dem verfickten Zuckerwattebären. Die Lily, die von Schokoladenblumen geträumt hat. Sie engagiert sich für diverse Wohltätigkeitsvereine, die unter anderem auch Kinderheime und benachteiligte Kinder unterstützen. Ihr Mann kandidiert für den Bürgermeisterposten eines Vororts von Washington. Sie erwartet ihr drittes Kind. Perfekt. Wohlstandsfamilie. Willkommen Amerika. Während des ganzen Treffens hat sie mich immer wieder mit diesem «dir geht es nicht gut, nicht wahr?»-Blick angesehen und ich hätte ihr am liebsten vor allen anderen die Eingeweide aus dem Leib gerissen, sie angebraten und gegessen. Was musste ich mich doch zusammenreißen, mich normal zu verhalten. So normal es eben ging, seit dieses kleine verborgene

Kästchen in meinem Gehirn geöffnet wurde. Jenes, das all die Jahre fest verschlossen war?

Es klingelt an der Haustür und langsam macht sich mein Magen bemerkbar. Seufzend stehe ich auf, gehe zur Tür und nehme die Pizza entgegen, nachdem ich dem Boten zehn Dollar in die Hand gedrückt habe. Die Schachtel ist warm unter meinen Händen und leichter Dampf steigt aus der noch geschlossenen Schachtel empor. Knoblauch und Zwiebelgeruch steigt in meine Nase. Während ich meine Pizza esse, gehen mir verschiedene Gedanken durch den Kopf. Was bewirke ich mit meinem Plan? Tatsächlich Rache? Will ich sein Leben zerstören oder ist in mir schon immer ein Monster gewesen, das es genießt, andere Menschen leiden zu lassen?

Ich denke an Samantha. Sie war die erste. Hätte sie bloß nicht so dumm gefragt. Damit hat sie ja erst meine Aufmerksamkeit auf sich gezogen. Und dann hat es mir plötzlich gefallen, sie zu ängstigen. Das hat aber schnell nicht mehr ausgereicht. Ich wollte mehr. Ich wollte, dass sie mich so ansieht, wie Fay. Dass sie sich an mich schmiegt, weil sie versucht, weitere Qualen abzuwenden. Aber das hat sie nicht getan.

Mir bleibt ein Stück Pizza im Hals stecken, weil ich vor lauter Wut nicht richtig gekaut habe. Röchelnd gehe ich in die Küche und lasse etwas Leitungswasser in ein Glas laufen. Tränen fließen mir über die Wangen, während ich huste und dabei nieße und mir das Wasser aus Mund und Nase läuft. Natürlich hat sie nicht verstanden, warum ich sie gefragt habe, wovon sie träumt. Warum sollte sie auch? Auch die Lesbe war überfordert. Dabei wird sie von ihm therapiert. Wenn ich daran denke, wie sie alle in seinen Sitzungen von sich erzählen. So als wäre er Gott. So als wäre er der richtige, sie zu heilen, ihnen ein besseres Leben zu schenken. Fuck! Nichts davon ist wahr. Gar nichts.

Ich wasche mir mein Gesicht. Entferne die Pizzareste, die mir beim Husten aus dem Hals auf meine Klamotten geflogen sind. Der Appetit ist mir vergangen. Ich stelle die Schachtel in den Kühlschrank, stemme die Fäuste gegen die geschlossene Kühlschranktür und schließe die Augen. Diese verfluchte Kiste in meinem Kopf. Ich hätte niemals zu dem Treffen gehen sollen, niemals sehen sollen, wie es den anderen ergangen ist. Dann wären all die bösen Erinnerungen weiterhin verborgen geblieben und ich hätte weiterhin mein trostloses Leben führen können.

Ich kann mich beruhigen, kann die Gefühle, die mich immer wieder seit August überkommen, zurückdrängen. Ich habe eine Aufgabe zu erledigen.

Mit einem Gefühl von Vorfreude steige ich die Stufen hinab, öffne die schwere Tür, gehe durch den langen Gang, der nur schwach beleuchtet ist, auf eine weitere Tür zu, die ich öffnen muss. Je näher ich ihr komme, desto glücklicher fühle ich mich, denn ich weiß, dass ich bald am Ziel sein werde. Ich habe etwas Probleme, die Türen zu öffnen, da ich nicht weiß, welcher Schlüssel der richtige ist. Als ich das Haus übernommen habe, habe ich zwar genau aufgepasst, aber die Schlüssel der vielen Türen im Keller ähneln sich zu sehr. Die Frage des Verkäufers, was ich denn mit den Räumen anstellen wollte, hatte ich zunächst mit «Leichen verstecken», beantwortet und gelacht. Glücklicherweise fand das auch der Verkäufer lustig, denn die für ihn richtige Antwort war natürlich, dass ich ungestört Musik machen wollte. Ich hätte einfach keine Lust mehr auf Ärger mit Nachbarn und bevor ich mir ein Haus kaufen wollte, in dem ich einen Keller erst umbauen müsste, wäre dieses einfach perfekt. Nachdem der Verkäufer meine Bankauszüge gesehen hat, stand der Deal und einige Wochen später bin ich bereits eingezogen.

Wieder fummele ich an dem Schlüsselbund herum, bis ich den richtigen ins Schloss stecke und umdrehe. Eigentlich könnte ich mir das alles auch viel einfacher machen und die Schlüssel markieren, aber ich vergesse das Vorhaben dann doch immer wieder und stehe jedes Mal vor den Türen mit dem gleichen Problem.

Die Lesbe liegt regungslos auf dem Boden. Ihr Körper hat sich in den letzten beiden Stunden verändert. Im ersten Moment ist es ein komisches Gefühl, einen toten Menschen zu sehen, aber wenn man sich an den Anblick gewöhnt hat, nimmt man geistig Abstand von dieser Tatsache.

Die Haut der Lesbe sieht hellgelb aus, wie das Wachs einer Kerze. Ihre Augen starren schräg an die untere Wand, da ich sie nicht von dem Seil befreit habe. Fast sieht sie aus wie ein Kunstwerk aus Wachs. Ein etwas abstraktes Kunstwerk, da ihr beide Brustwarzen fehlen und das Blut wie schwarzer Teer aussieht. Das Loch unterhalb ihrer Brust ist faustgroß. Ich finde sie wunderschön und bin versucht, ein Foto von ihr zu machen, lasse es allerdings, ziehe die Handschuhe über und knie mich hinter ihren Rücken. Mit dem Skalpell, das ich ihr vorhin noch so euphorisch in die Rippen gestoßen habe, löse ich die Fesseln und bin beeindruckt, dass sie immer noch genauso daliegt, nur viel schöner. Normalerweise setzt die Leichenstarre erst sechs bis zwölf Stunden nach dem Tod vollständig ein. Wenn es kälter ist, dauert es sogar noch länger.

Ihre Haut ist jetzt wunderschön. Glatt, ebenmäßig, fest. Nur an den Stellen, wo das Seil auflag, befinden sich Druckstellen, die nicht mehr weggehen. Es sieht aus, als wäre sie mit einem unsichtbaren Seil gefesselt. Die Stille um uns herum ist gespenstisch, ängstigt mich allerdings nicht. Im Gegenteil, ich genieße es mit ihr hier zu sitzen. Nur wir beide. Sie sieht so zerbrechlich aus, dass ich mich nicht traue, sie noch einmal zu berühren.

Auf Knien schiebe ich mich vor sie und wickele das schwarze Samt auf, in dem sich meine Utensilien befinden. Darunter eine Nadel – eigentlich zum Stopfen von Socken – und eine Rolle stabilen Bindfadens. Zum Einfädeln vermeide ich tunlichst, den Faden anzufeuchten. Ich will ja keine DNA Spuren auf der Leiche hinterlassen. Also brauche ich eine Weile, um den Faden glatt zu bekommen, damit er durch das Öhr passt. Es ist so still hier unten, dass ich meine eigenen Atemgeräusche hören kann.

Mit der Nadel steche ich in die Augenbraue, ziehe sie durch die kleine Öffnung und führe sie nach unten zum oberen Augenlid. Es ist einfacher, jetzt, da die Haut nicht mehr durchblutet ist. Fast fühlt es sich an, als würde ich zwei Lederstücke miteinander vernähen. Dabei gehe ich vorsichtig vor, ich möchte, dass es gut aussieht. Auch, wenn die Augäpfel etwas eingefallen aussehen und die Lesbe dadurch nicht mehr ganz so hübsch im Gesicht aussieht, sehe ich sie mir gerne an. Bei Samantha konnte ich den körperlichen Verfall in ihren Augen sehen. Körperflüssigkeiten traten über den Tränenkanal nach außen und es hat sich ein wässriger Belag auf den Augäpfeln gebildet. Ich hatte keine Vorstellung davon, wie ein toter Mensch aussieht, schon gar nicht, wie die Augen aussehen.

Ich verknote den Faden an der äußeren linken Augenbraue und wiederhole das Prozedere auf der rechten Seite.

Nachdem ich fertig bin, verstaue ich mein «Werkzeug» wieder in dem samtigen Stoff, den ich umschlage. Langsam stehe ich auf und strecke mich. Es ist getan. Ein Blick auf die Uhr verrät mir, dass es sechs Uhr abends ist. Ich muss also noch etwas warten, bis ich sie zu ihrem Bestimmungsort bringen kann. Dann verlasse ich den Keller wieder.

Ich liege in meinem Bett. Reste meines Traumes schwirren durch meinen Kopf, erzählen eine Geschichte, die niemand erfahren wird. Schlaftrunken greife ich nach meinem Notizbuch, in das ich wieder meine Träume aufschreibe. So wie früher. Eine Zeitlang hatte ich pausiert, aber seit August zeichne ich sie wieder auf. Insofern ich mich erinnern kann. Meistens ist es so, dass ich schon beim Aufblättern des Buches nichts mehr über den Traum weiß und so auch diesmal.

In mir macht sich eine Leere breit. Ich fühle mich einsam. Es gibt niemanden, der mit mir was trinken geht, niemanden, der an meiner Seite ist, wenn es mir schlecht geht. Keine Familie, die sich sonntags trifft. Wie sehr beneide ich die Menschen, die Familie haben. Wie sehr verabscheue ich sie, dass sie sich nicht bei ihr melden, sich nicht um sie kümmern, obwohl sie ein so großes Geschenk bekommen haben.

Mit schweren Gliedern steige ich aus dem Bett. Es ist Mitternacht. Ich habe erstaunlich lange geschlafen, fühle mich aber noch immer müde. Müde vom Leben.

Ich wasche mich nicht großartig, nur ein bisschen kaltes Wasser ins Gesicht. Das muss reichen. Dann gehe ich wieder in den Keller und bereite die Leiche auf den Abtransport vor.

Kurz nach zwei. Die Lesbe starrt auf ihre Hände, der Winkel stimmt nicht ganz, aber die kleine Ungenauigkeit erlaube ich mir. Sie sieht schön aus in dem samtig roten Kinosessel in der vordersten Reihe. Zum Abschied gebe ich ihr einen Luftkuss und verlasse den Saal über den Notausgang.

17

Der Schwachkopf schließt doch tatsächlich die Tür auf. Er handelt nur aus dem Bauch heraus, ist arrogant, weil er glaubt, er wird nicht geschnappt. Fühlt sich überlegen, weil er etwas hinterlässt, um so die Spuren auf jemand anderen zu lenken. Was ihn antreibt, weiß der Schatten. Aber eigentlich interessiert es ihn nicht, denn dieser Knallkopf ist genau zur richtigen Zeit aufgetaucht.

Bis der Irre wieder aus dem Kino herauskommt, vergeht eine Ewigkeit. Der Schatten hält sich geduldig im Hintergrund, versteckt hinter einer Mauer, ungesehen von möglichen Kameras. Heutzutage ist fast alles überwacht. Deshalb ist der Schatten äußerst vorsichtig. Erst als der schäbig aussehende Irre die Tür des Seitenausgangs verschließt, in seinen Transporter einsteigt und wegfährt, löst sich der Schatten von der schützenden Mauer und schlendert, die Hände tief in die Taschen seines Mantels vergraben, über die menschenleere Straße. Der Haupteingang des Kinos befindet sich auf einer, selbst um diese Uhrzeit vielbefahrenen Straße, aber der Notausgang ist hinter dem Gebäude und über eine Seitenstraße zu erreichen. Der Schatten nimmt schon im Gehen sein Werkzeug aus der Manteltasche, bewegt sich flink zur Tür und hebelt diese mit ein paar Handgriffen auf. Absichtlich geht er dabei unvorsichtig vor, denn die Spurensicherung des FBI ist zu gut, um davon auszugehen, dass ein Psychopath sich einfach so ein Kino aussucht, um eine Leiche abzuladen. Leise schlüpft der Schatten in einen Flur mit einem samtigen Vorhang davor. Mit behandschuhten Händen schiebt er diesen zur Seite, knipst eine Taschenlampe an und leuchtet über die Sitze. In der ersten Reihe, mittig, sitzt eine nackte Frau, der Oberkörper nach vorne gekrümmt, die Augen starren auf ihre nackten Fußspitzen. Der Schatten inspiziert den Sitz, die Plätze neben der Leiche und den Fußboden. Wenigstens hat der Idiot hier nicht geschlampt. Schließlich legt er der Toten etwas auf die Hände und verlässt das Kino durch die aufgebrochene Tür.

18

«Mom, ich will Popcorn und eine Cola.» Francis blickt auf ihre kleine Tochter hinab, die sie mit flehendem Blick hinter ihrer dicken Brille ansieht. Ihre Zöpfe springen dabei hin und her, denn Marie liebt es, wenn sich ihre Zöpfe bewegen. Genauso wie sie Lackschuhe liebt und ihren Petticoatrock, weil sie sich dann fühlt wie eine Prinzessin.

«Schätzchen, wir haben doch über Cola gesprochen.»

«Ja, aber wenn wir im Kino sind, hast du mir doch gesagt, dass ich alles bestellen darf, was ich will.» Marie ist keck, keine Frage und schlau, aber sie ist eben noch ein zehnjähriges Kind. Dennoch muss sich Francis auf die Lippen beißen, um nicht zu grinsen, sondern ernst auszusehen.

«Cola gehört nicht dazu, Mäuschen», sagt Francis und geht mit der Schlange an dem kleinen Kiosk einen Schritt vor.

«Ach Mann.»

Francis ist kurz davor, ihre Regel zu brechen, weil sie ihrer Tochter ohnehin schon zu viel zumutet. Die Trennung von ihrem Vater vor einem Jahr trägt dazu bei, dass sie ganz oft Regeln brechen will, nur um nicht ständig Regeln aufzustellen. Henry hatte Francis in ihrer Ehe immer wieder geschlagen und war vor einem Jahr handgreiflich gegenüber Marie geworden. Solange Henry seine Hand nur Francis gegenüber erhoben hatte, war sie bei ihrem Mann geblieben und durch die Hölle gegangen. Alles aus Rücksicht ihrer Tochter gegenüber. Sie wollte nicht, dass Marie eine Scheidung miterleben muss. Aber dann gab es einfach keine anderer Möglichkeit mehr.

Für Marie war der Fausthieb ins Gesicht damals nicht nur ein seelischer Weltuntergang. In mehreren Behandlungen hatte man sie an den Augen und der Nase operiert. Zurück blieben eine schiefe Nase und eine Sehstärke von nur noch siebzig Prozent auf dem rechten Auge und sechzig auf dem linken. Francis geht seitdem weiterhin normal mit ihr um, macht aber ein paar Zugeständnisse mehr ihr gegenüber, ist einfach nachsichtiger mit manchen Dingen. Die Scheidung war schnell durch und Henry musste für zwei Jahre ins Gefängnis. Mittlerweile ist er jedoch wieder auf freiem Fuß, muss allerdings Abstand zu seiner Familie halten. Erst seit ein paar Wochen hat sich der seelische Zustand von Marie einigermaßen stabilisiert, obgleich Francis noch immer spürt, wie sehr ihre Tochter darunter leidet, dass ihr Daddy so sehr die Beherrschung verloren hat. Auch Francis musste lernen, normal mit ihr umzugehen. Sie nicht in Watte zu packen. Ihr keine Lügen zu erzählen. Es war eine schwere Zeit, die vermutlich noch eine ganze Weile anhalten wird, aber Bedürfnisse zu haben, ins Kino gehen zu wollen und Cola zu trinken, ist für Francis der richtige Weg.

«Ich verbiete dir die Cola nicht, weil es mir Spaß macht, sondern weil sie einfach zu viel Zucker enthält. Dein Körper käme mit dem vielen Zucker nicht klar, deshalb erlaube ich dir nur eine Tüte Popcorn und dazu ein Wasser, okay? Das ist genug Zucker für einen Nachmittag.»

Marie schiebt die Unterlippe nach vorne und nickt

ergeben.

«Hey, wir machen uns eine schöne Zeit, okay?»

«Ja Mom.»

Francis ist an der Reihe und bestellt zweimal Popcorn und eine Flasche Mineralwasser, als an der Tür zum Kinosaal Tumult ausbricht. Die Tür ist geschlossen, davor steht eine junge Frau und macht ein verständnisloses Gesicht. Ein Mann redet auf sie ein. Er spricht abwechselnd zu ihr und in sein Funkgerät.

«Wir sollen die Karten zurück nehmen?», hört Francis nur und verdreht die Augen. Das wäre das erste Mal seit Jahren, dass sie mit ihrer Tochter ins Kino will und ausgerechnet heute soll die Vorstellung ausfallen.

«Mom? Was ist da los?»

«Ich weiß es nicht, Mäusekind.» Geistesabwesend bezahlt sie ihre Bestellung, nimmt die Tüten in die Hand und nähert sich der Menschenmenge, die sich vor der Tür versammelt hat.

«Ma'am, ihr Wasser!»

«Schatz, nimmst du das Wasser bitte?» Irgendwie hat Francis kein gutes Gefühl, denn zwei Officers betreten das Kino durch den Haupteingang und sie kann draußen mehrere Polizeiwagen sehen. Die Officers sprechen mit dem Mann mit dem Funkgerät, der sie in den Saal lässt.

«Was ist jetzt mit unserer Karte? Oder findet die Vorstellung statt?», fragt ein großer, bulliger Kerl in diesem Moment.

Die junge Frau an der Tür ist leichenblass und stottert: «Bitte begeben Sie sich zu der Kasse. Wir ersetzen Ihnen natürlich allen Ihr Ticket.»

«Was ist denn passiert?», fragt eine Frau aus der Menge.

«Tut mir leid. Ich darf nicht darüber sprechen. Aber bitte räumen Sie jetzt das Kino.» Sie ist sichtlich überfordert, aber der Mann ist mit den Officers in den Vorführsaal gegangen und hat sie alleine gelassen.

«Ist da eine Bombe?», ruft eine andere Frau panisch.

«Wo ist eine Bombe?»

«Hier gibt es keine Bombe.» Doch niemand hört der Frau zu. Die Menschen drängen nach draußen, ohne Rücksicht auf die anderen. Francis hält ihren Arm vor Maries Brust und schiebt sie in Richtung Toiletten. Ihr Herz klopft ihr bis zum Hals.

«Mom, was ist hier los?» In Maries Augen schwimmen Tränen, ihre Unterlippe zittert.

«Alles gut, Schätzchen. Uns passiert nichts.» Francis spricht nicht nur ihrer Tochter Mut zu, sondern auch sich selbst, denn ihre Knie sind weich wie Butter, während sie ihre Tochter vor den Menschen beschützt, die panisch nach draußen drängen. Bevor Francis darüber nachdenken kann, ob es besser wäre, sich mit ihrer Tochter in die Toilettenkabine zu sperren, stehen mehrere Männer vorne am Eingang und beruhigen die panischen Leute. Marie weint inzwischen und klammert sich an Francis Oberschenkel, während Francis ihr über die Haare streicht.

«Ma'am? Es ist alles in Ordnung. Sie sind nicht in Gefahr.» Francis starrt auf den Tumult ohne zu blinzeln.

«Hören Sie mich?»

«Mom, du machst mir Angst.»

Francis schüttelt verwirrt den Kopf, kneift die Augen zusammen und blickt auf die besorgt aussehende Frau, die eine schwarze Jacke mit gelbem FBI Schriftzug trägt. Sie ist sehr klein, kleiner als Francis. Trotz der kurzen, schwarzen Haare, sieht sie weiblich aus und sie hat sich zu Marie hinab gekniet und lächelt sie freundlich an.

«Ich ... ich ... was ist hier los?», flüstert Francis schließlich tonlos.

«Wir müssen das Kino räumen, Ma'am.» Die Frau steht auf und blickt Francis sehr eindringlich an.

«Okay. Alles klar. Ich verstehe.»

«Die Kinobetreiber haben versprochen, dass ihre Karte nicht verfällt. Wir hätten nicht alle Leute so schnell hier rausbekommen, wenn jeder erst sein Geld zurückbekommen hätte.» Jetzt beugt sich die Frau wieder zu Marie. «Hey, was hältst du davon mit deiner Mama in den Park zu gehen? Dort ist ein riesiger Spielplatz und ihr könnt euer Popcorn dort essen.»

Marie schnieft, nimmt ein Taschentuch ihrer Mama und wischt sich über die Augen. Dann lächelt sie und nickt eifrig. «Oh ja. Mom, bitte.»

«Na klar.» Francis seufzt erleichtert auf und wendet sich an die Agentin. «Danke», flüstert sie.

«Kein Ding. Schönen Tag für Sie und Ihre Tochter. Sie ist wirklich süß.»

Hinter Francis Augen beginnt es zu brennen. Bevor sie losweint, nickt sie nur, schluckt den Kloß in ihrem Hals hinunter und verlässt das Kino. Draußen ist alles abgesperrt, aber ein dunkelhäutiger, sehr stämmiger Agent winkt sie zu sich. Neben ihm steht ein weiterer Agent, der sie zwar freundlich anlächelt, aber ziemlich angespannt zu sein scheint.

Wenn das kein Terroranschlag ist, was ist dann hier passiert? Francis zieht Marie hinter sich her, um gemeinsam zum Park zu laufen. Sie blickt sich nochmal um. Außer dem FBI, steht noch ein Übertragungswagen eines Nachrichtensenders am Bordstein, sowie mehrere schwarze Vans. Auch ein paar Schaulustige haben sich versammelt, werden aber von Officers des Police Departments zurückgedrängt und aufgefordert zu gehen.

19

«Das waren die letzten Besucher», sagt Kathlyn, während sie auf Howard und Rick zugeht und sich dann durch den Pony streicht.

«Ich bin echt froh, dass wir dich an Bord haben, Kathlyn. Ich habe dich beobachtet, wie du das kleine Mädchen beruhigt hast.»

Kathlyn wird rot und winkt ab. «Das war eine meiner leichtesten Übungen. Also», lenkt sie rasch ab, «um was geht es hier?»

«Es wurde eine weibliche Leiche gefunden.»

«Oh», macht Rick. «Ist ja schrecklich.»

«Ihre Oberlider sind mit den Augenbrauen vernäht. Schätze, deshalb hat man uns gerufen.» Howard sieht belustigt zu Rick, als wäre er ein Schüler, dem er etwas erklären müsste.

«Also haben wir es definitiv mit einem Serienmörder zu tun.»

Howard nickt und sieht zu Vincent, der auf sie zukommt. Er sieht ernst aus.

«Ihr solltet runterkommen und euch das ansehen.»

«Ist Tobias schon da?»

«Eure Spurensicherung?», fragt Vincent. Howard nickt.

«Ja, aber Tobias wollte warten, bis ihr die Leiche

gesehen habt. Deshalb kommt direkt mit.» Howard spürt, dass Vincent ihm noch etwas sagen will. Sein Blick reicht aus, um zu wissen, dass sein «alter Freund» ihm wieder etwas hinterlassen hat.

Sie folgen Vincent durch das Kino zu einer Tür, an der eine Frau steht, die unruhig von einem Bein aufs andere tritt.

«Was machen Sie noch hier?», fragt Rick freundlich.

«Mein Chef meinte, ich soll ...» Sie sieht hilflos aus.

«Wo ist Ihr Chef?»

«Ich weiß es nicht. Er hat mich einfach hier stehengelassen.»

«Hat schon jemand Ihre Aussage aufgenommen?», fragt Howard.

«Ich ... nein. Ich weiß auch gar nicht, was passiert ist. Ich kam zum Dienst und die Putzfrau hatte gerade schreiend den Kinosaal verlassen ...»

«Wo ist die Putzfrau?» Howard macht sich zwar keine großen Hoffnungen, dass deren Aussage sie weiterbringen wird, aber sie muss auf jeden Fall befragt werden.

«Der Officer da hinten spricht mit ihr.» Sie sehen alle in die Richtung, in die die Frau zeigt und nicken fast gleichzeitig mit dem Kopf.

«Dann machen Sie danach ebenfalls Ihre Aussage und können anschließend nach Hause gehen. Wir werden sicherlich noch ein paar Stunden benötigen. Und Ihren Chef möchten wir gerne sprechen.» Die Frau sieht sichtlich erleichtert aus und macht sich auf dem Weg zu dem Officer und der Putzfrau.

Rick hält die Tür auf. «Hereinspaziert, Ladies and Gentlemen.» Kathlyn macht einen Knicks und geht an ihm vorbei. Rick hält Howard am Ärmel fest.

«Ich gehe stark davon aus, dass dein alter Freund auch hier eine Grußbotschaft hinterlassen hat. Bist du darauf eingestellt?»

Howards Magen zieht sich zusammen, während er darauf bedacht ist, Rick nicht anzusehen.

«Ich schätze, es bringt nichts mehr, die Sache gedanklich von mir zu schieben, was?»

«Nicht wirklich, How.» Obwohl Howard diesen Spitznamen hasst, ist es im Moment das, was ihm einigermaßen Zuversicht gibt, dass Rick ihn aufmuntern will.

«Komm, lass uns da runter gehen und nachsehen, was uns erwartet.»

Was sie erwartet, übersteigt Howards Vorstellungskraft. Er ist kurz vorm Explodieren, als Tobias ihm das durchsichtige Tütchen reicht. Für einen Moment verschwimmt seine Sicht und der Gegenstand versetzt ihn in eine Starre.

«Nicht kaputt machen, Howard», sagt Tobias in sanftem Ton. Howard sieht auf seine Hand hinab, die das Tütchen fest umklammert hält.

«Das bedeutet, er war in meiner Wohnung.»

«Wo hast du das Foto zum letzten Mal gesehen?»

«In irgendeiner Schublade, ich weiß es nicht.» Howard fährt sich wütend durch die Haare. Als ob er jetzt darüber nachdenken könnte. Er steht kurz vorm Abgrund, sieht hinunter und überlegt sich, ob er springen soll. Dieses Foto ist vor mehr als sieben Jahren entstanden. Es ist eines dieser altmodischen Fotoboxbilder. Vier Stück auf einem Streifen. Laura und er waren essen, am Strand von Maryland. Sie haben ihre ersten gemeinsamen Ferien dort in einem

Strandhaus verbracht. Sich immer und immer wieder geliebt, sind nur zum Essen aufgestanden und manchmal nicht mal dafür. Es war ihr letzter Urlaubsabend, den sie außerhalb in einem Fischrestaurant verbringen wollten. Howard hat ihr an jenem Abend einen Heiratsantrag gemacht. Den Ring, den ihr Howard an dem Abend geschenkt hat, hält sie immer wieder in die Kamera. Auf dem ersten Bild strahlen sie beide in die Kamera, dann sehen sie sich an, auf dem dritten küssen sie sich leidenschaftlich und blicken auf dem letzten mit roten Wangen erneut in die Kamera. Lachend sind sie über den Pier zurück zum Strandhaus geschlendert. Es war eine mondhelle Nacht. Laura sprang vom Pier in den Sand und rannte zum Meer, das dunkel vor ihnen lag. Die Wellen kräuselten sich im Mondlicht und funkelten wie tausend Diamanten. Sie hatte die Schuhe ausgezogen und trug sie an den Riemchen in ihrer rechten Hand. Lachend ist sie durch die Wellen gesprungen, hat sich um sich selbst gedreht und beteuert, dass sie die glücklichste Frau auf der Welt sei.

Jetzt war das Foto verunstaltet. Jemand hat mit Filzstift darauf geschrieben: «Ich sehe dich. Dein alter Freund.»

Tränen brennen hinter Howards Augen, er kann kaum schlucken, so eng wird der Hals plötzlich.

«Wir werden dieses Schwein finden, How. Verlass dich darauf.»

«Was will dieser Wichser von mir? Nach all den Jahren? Reicht es ihm nicht, mir meine Frau zu nehmen? Mir mein Kind zu nehmen? Reicht es ihm nicht, dass ich ihn nie vergessen werde und dass ich ihn nie gefunden habe?» Howard verliert die

Kontrolle. Die Spurensicherung, Officers vom Police Department, sein alter Kollege Vincent, Kathlyn ... sie alle sehen betreten zu Boden.

«Oh mein Gott.» Howard holt tief Luft, wendet den Blick von den anderen und betrachtet die Leiche, ohne sie wirklich zu sehen.

«Es tut mir leid», flüstert er.

«Okay Leute. Die Show ist zu Ende», ruft Rick und legt seine Hand auf Howards Schulter und winkt mit der anderen Kathlyn herbei.

Dann beginnt Howard zu erzählen.

«Es war im dritten FBI Jahr. Unsere Abteilung war bekannt für die hohe Auflösungsquote von Verbrechen, bei denen Kinder eine Rolle spielen. Zu dieser Zeit konnten wir uns staatenübergreifend einen guten Namen erarbeiten, auch wenn die Jahre nicht spurlos an uns vorübergegangen waren. Wir wurden zu einem Fall hinzugezogen, in dem es um Kindepornographie ging. Das auffällige an dem Fall war, dass die Kinder nicht als vermisst gemeldet worden waren. Wir haben sie nirgends gefunden, so als gäbe es keine Akte über sie, so als hätten sie nie existiert. Bis ein Kind wieder auftauchte.» Howard muss die Augen schließen bei dem Gedanken an die kleine Emily.

«Oh Gott», flüstert Kathlyn. Sie ist blass geworden.

«Emily ist eines der vielen Kinder auf den Videos und Fotos, deren Seele für immer verloren ist. Sie ist bei einer ehemaligen Kollegin von uns, die an dem Fall fast zerbrochen wäre. Sie leben unter falschen Namen an einem geheimen Ort.»

«Hatte dieser Fall etwas mit deiner Frau zu tun?», will Kathlyn wissen und räuspert sich.

«Nein, aber mit mir. Und deshalb musste meine Frau sterben. Wir haben den Ring zerschlagen können, die Kinder, die missbraucht worden waren – über Jahre – sind extra dafür auf die Welt gekommen. Gott, wie krank muss ein Mensch sein?» Howards Magen dreht sich um, wenn er wieder darüber nachdenkt. Kathlyn legt geschockt die Hand auf ihren Mund.

«Was ... was ist mit ihnen passiert?»

Howard öffnet die Augen und sieht sie an. «Sie sind alle tot. Diese Halle, in der sie aufgewachsen sind, um zu dem zu werden, was andere aufgeilt ... in der sind sie gefunden wurden. Keines von ihnen hatte überlebt. Mehr Details will ich dir ersparen, Kathlyn.»

Rick atmet hörbar ein und aus, während Kathlyn sich zur Seite dreht. Ihre Hände sind zu Fäusten geballt. Howard kann sich nur vorstellen, wie es ihr gehen muss. Ihm selbst ist es zuwider, diese Erinnerung wieder hochzuholen.

«Wir haben einige Täter identifizieren können, Festnahmen durchgeführt, Befragungen bis in die Nächte. Unter den Tätern waren Ärzte, Lehrer, Großväter, Väter aber auch Mütter. Doch wir haben den Kopf des Rings nicht gefunden. Wir haben alles versprochen. Gesonderte Haftbedingungen, Deals, die wir niemals hätten einhalten können. Aber sie hielten dicht. Keine Spur, keine Beweise, keinen dringenden Tatverdächtigen. Der Kopf wurde von den Tätern behandelt wie ein Heiliger. Es war wie eine Sekte. Die Menschen, die diese grauenhaften Dinge taten, waren sich keiner Schuld bewusst. Sie haben von ihm gesprochen, wie von einem Führer, der sie zur Erleuchtung bringen würde.» Howard stockt. Er muss überlegen, wie er das Unaussprechliche sagen kann, denn sie muss alles wissen.

«Sie sagten ...» Er stockt.

«Was?» Kathlyn hat sich wieder ihm zugewandt. Rick legt sich eine Hand über die Augen.

«Sie hielten ihn für den Messias. Sie sagten, nur die Unschuld dieser Kinder könnte sie alle zur Erkenntnis bringen, warum sie lebten, warum sie das tun mussten, was sie taten. Was ihre Bestimmung war. Nur die reine Liebe zu den Kindern und von ihnen würde sie erleuchten.»

«Das ... das ist nicht wahr. Wie viele waren daran beteiligt?»

«Aktive Täter über hundert. Die Dunkelziffer der Konsumenten kennen wir nicht. Es wurden über hunderttausende Videos produziert. Die Auflage der Heftchen war sogar noch höher.» Howard schluckt die Wut runter.

«Warum deine Frau? Warum du?»

«Ich habe das Team geleitet. Ich habe Emily gefunden. Ich habe den Ring gesprengt. Nachdem der Ring zerschlagen war, fuhr ich nach Hause. Es war spät abends. Laura kannte meinen Job, sie wusste, dass ich etwas Gutes tat. Ich habe sie angerufen. Wollte ihr sagen, dass der Job erledigt sei, dass wir uns ein paar Tage frei nehmen, zu unserem Strandhaus fahren und alles vergessen könnten. Sie ging nicht ans Telefon.»

«Howard, du musst nicht ...»

«Oh doch. Ich muss. Ich hatte es im Gefühl, dass etwas nicht stimmt und bin nach Hause gerast. Schon von weitem sah ich, dass ganz und gar nichts in Ordnung war. Die Haustür stand auf, überall war Licht an. Ich fand sie in der Küche. In ihrem Lieblingskleid. Dem einzigen, das über ihren prallen Bauch passte.»

«Sie war schwanger?» Kathlyns Stimme kippt.

«Im siebten Monat.»

«Das tut mir so leid, Howard. Oh Gott!»

Howard spürt, wie seine Augen feucht werden. «Sie lag in ihrem Blut, tot. Ihre Hände auf dem Bauch verschränkt. Im Kleid waren mehrere Löcher, ihr Bauch war aufgespießt worden. Zehn Stiche. Wut. Blinde Wut sprach aus dieser Tat. Sie lag so da, als wollte sie unser Kind beschützen.»

Howard bemüht sich, die Kontrolle über sich zurückzubekommen. Mehrere Minuten vergehen. Keiner spricht ein Wort.

«Das ist fünf Jahre her. Von dem Täter fehlt jede Spur. Bis ich vor einigen Wochen in der Bar, die wir zusammen besucht haben, wieder von ihm gehört habe.»

«Bei dem Krankenhaus?», fragt Kathlyn erstaunt.

«Ja. Ihr wart schon weg und ich wollte noch einen letzten Drink nehmen, als der Barkeeper auf mich zukam mit einem Brief in der Hand. Unterzeichnet mit ein alter Freund.»

«Lass mich raten. Bei deiner Frau wurde auch ein solcher Brief gefunden?»

«Ja.»

«Was stand darauf?»

Howard räuspert sich. «Wir sehen uns wieder.»

«Was ich nicht verstehe und bitte korrigiert mich, wenn ich falsch liege, was hat dein alter Freund hiermit zu tun?», überlegt Kathlyn.

«Das verstehen wir ebenso wenig», sagt Rick. «Zumal beim letzten Opfer noch ein weiterer Gegenstand gefunden wurde.»

Kathlyns Augenbrauen schießen in die Höhe. «Aha?»

«Ja. Eine Schneekugel mit einer Widmung. Also völlig klar, wohin uns die Spur führen soll. Zum Eigentümer dieser Kugel.»

«Beziehungsweise zu dem, der mit diesem alten Fall oder deinem alten Freund zu tun hat?», mutmaßt Kahtlyn.

«Möglich. Sogar sehr wahrscheinlich. Wie passen aber unsere Opfer hier ins Bild? Welche Rolle spielen sie?»

«Um dich auf den Plan zu holen?»

«Perfide genug, um tatsächlich mein alter Freund zu sein. Aber warum jetzt? Nach fünf Jahren?»

Kathlyn zupft nachdenklich an ihrer Lippe, so wie sie es immer tut, wenn sie laut nachdenkt. «Eine Krankheit? Vielleicht war er wegen etwas Anderem im Gefängnis? Kam erst raus?»

«Das reicht mir noch nicht», sagt Howard. «Was wurde noch bei der Leiche gefunden? Das Foto kann nicht alles sein, wenn er uns wirklich irgendwohin locken will.»

Rick zuckt mit den Schultern. «Dort drüben ist Tobias.» Er deutet auf den Leiter der Spurensicherung, der in diesem Moment mit Vincent spricht. Howard weiß, dass Vincent nur seinetwegen hier ist. Und weil dieser alte Fall auch ihm zu schaffen macht. Alle, die damals damit zu tun hatten, sind nicht mehr dieselben Menschen wie vorher. Sie alle haben auf den Grund schwarzer Seelen gesehen und werden den Anblick nie mehr vergessen.

Howard strafft die Schultern, schiebt den Gedanken beiseite, denn er muss sich um das Hier und Jetzt kümmern. Er geht auf Tobias zu.

«Was wurde noch gefunden?»

Tobias hebt seine behandschuhten Finger, die eine Brille am Bügel halten. Es ist eine dieser billigen Lesebrillen, die es in jedem Drugstore zu kaufen gibt. Der Bügel ist mit Klebeband geflickt. Mit einem weißen Stift wurden die Initialen des Trägers auf diesen Bügel geschrieben. Vermutlich bevor die Brille kaputtgegangen ist.

«T. Hanks», liest Rick. «Dürfte ja schnell rauszubekommen sein, wer dieser T. Hanks ist. Der bekannte Schauspieler kann es kaum sein. Warum schreibt jemand seine Initialen auf eine billig Drugstore Brille?»

«Siehst du. Und das ist es, was mich verwirrt. Warum sollte der Täter Gegenstände hinterlassen, die ihn überführen können?»

«Um geschnappt zu werden?», sagt Howard, glaubt aber nicht wirklich an seine These. «Im Ernst. Sie sind eine Spur. Wohin auch immer.»

«Mit dieser Spur können wir ihn nicht mal eine Stunde festhalten und das weißt du.»

«Wir gehen nach Fakten. Fakt ist, Gegenstände von T. Hanks wurden an den Tatorten gefunden. Es ist an uns, herauszufinden, ob dieser Hanks der Mörder ist oder wenn nicht, was er damit zu tun hat.»

Jetzt erst sieht sich Howard die Leiche genauer an. Es ist eine Frau, zu Lebzeiten vermutlich hübsch, sehr weibliche Rundungen. Die Brustwarzen wurden entfernt, unterhalb der Rippe ist ein Loch, als hätte jemand mit der Hand in ihren Körper gegriffen, da die Wundränder zerfranst sind. Die Augäpfel sind eingefallen, dennoch jagt dieser starre Blick ihm einen Schauer über den Rücken.

«Sie wurde gefesselt.» Joelle sieht niemanden direkt

an. Er deutet auf die Abdrücke an ihren Hand- und Fußgelenken, sowie die Strangfurche, die eine violette Farbe angenommen hat. «Im Moment sieht es so aus, als hätte der Täter ihr die Fesseln zu Beginn der Leichenstarre abgenommen. Schätzungsweise zwei oder drei Stunden danach. Todesursache ist Blutverlust, vermutlich auch Schock. Das kann ich Ihnen sagen, wenn ich sie in der Gerichtsmedizin habe und sie genauer untersuchen kann.» Joelle sieht Howard in die Augen. «Sie sollten uns mal besuchen kommen.»

Howard schüttelt den Kopf. Vor dieser Verpflichtung konnte er sich in der Vergangenheit meistens drücken. Es ist nicht das Problem, tote Menschen zu sehen. Es ist das Problem, dass das Gehirn den meisten Leuten einen Streich spielt und sie davor beschützt, den Verstand zu verlieren. Für Howard ist jeder Tote, der während einer Autopsie auseinandergenommen wird, immer noch ein Mensch und das kann er einfach nicht vergessen, wenn Gerichtsmediziner wie Joelle ohne Emotion an den Körpern arbeiten. Natürlich ist Joelle emotional. Er geht nur mit seinen Gefühlen anders um als andere.

«Okay», sagt Rick in sein Handy und beendet das Telefonat. «Wir haben ihn.»

20

«Darling? Was ist hier los?»

Thomas hat sich soeben den gefühlt zwanzigsten Kaffee geholt und sieht im Computer nach, wer sein nächster Patient ist.

«Was soll los sein?» Abwesend lauscht er seiner Frau, die aufgeregt klingt, da sich das Fenster für die Patientendetails nicht öffnen lässt.

«Hier waren gerade drei Leute vom FBI. Sie wollten wissen, wo du bist und haben mich gefragt ...»

«Was?» Vergessen ist die Akte. «Was wollten die?»

«Das haben sie nicht gesagt. Aber sie wollten wissen, wo du letzte Nacht warst. Und sie hatten die Schneekugel von Viktoria dabei. Und ein Foto einer alten Lesebrille von dir. Warum zum Henker beschriftest du deine Brille? Egal. Also, was ist los?» Sie klingt energisch, aber auch etwas atemlos.

«Woher soll ich das wissen? Genau die beiden Dinge vermisse ich seit einigen Tagen.» Das ist gelogen, eigentlich hat er das Fehlen der Lesebrille noch nicht einmal bemerkt.

Seine Frau schnaubt in den Hörer. «Aha.»

«Hast du ihnen gesagt, dass wir letzte Nacht zusammen waren?»

Stille.

«Schatz?»

«Nenn mich nicht Schatz, hörst du? Hast du etwas zu verbergen? Warum zum Teufel klingelt das FBI bei uns? Was wollen die von dir? Ich mache mir Sorgen, Darling. Hast du etwas falsch gemacht?» Warum geht sie gleich vom schlimmsten aus?

«Vielleicht ein Patient von mir. Vermutlich hat einer von denen etwas angestellt. Ich weiß es nicht.»

Thomas wird nun allerdings auch etwas unruhig. Er weiß, dass er nichts getan hat, aber wenn das FBI vor der Tür steht, kann es sich nur um etwas Ernstes handeln.

«Lass uns später noch mal telefonieren. Ich habe jetzt gleich einen Patienten.»

«Und damit willst du mich jetzt abservieren? Oh Gott, Thomas. Was hast du bloß getan?»

«Ich habe nichts getan», sagt er sanft.

«Rede nicht mit mir, wie mit einem Patienten, hörst du?»

Es klopft an der Tür.

«Ich kann jetzt nicht weiter telefonieren. Mein Patient kommt.»

«Du rufst mich sofort zurück, hast du verstanden, Thomas Hanks?»

«Ja. Natürlich melde ich mich.» Thomas trennt die Verbindung und ruft «Herein.»

Es ist eine seiner Sprechstundenhilfen. Nina. Ein hübsches junges Ding, das Medizin studiert und sich bei ihm etwas dazuverdient und gleichzeitig Praxiserfahrung sammelt.

«Hier sind drei Leute vom FBI, Doktor.»

«Ja, bitten Sie sie herein. Und sagen Sie meiner Patientin, dass sie sich noch ein bisschen gedulden möchte.»

«Es ist ein Patient.»

«Wie bitte?»

«Ein Er. Keine Patientin.»

«Ja, auch gut», sagt er zerstreut und strafft die

Schultern, als er die drei Agents hinter ihr sieht.

Er steht auf, streicht sich seine Hose glatt und tritt hinter seinem Schreibtisch hervor.

«Kommen Sie rein.»

«Danke, Doktor Hanks», sagt der Agent mit den weizenblonden Haaren und abgespanntem Gesichtsausdruck. Er zeigt ihm seine Marke, die an einer dünnen Kette um seinen Hals baumelt und deutet auf die anderen beiden – eine zierliche Frau mit kurzen schwarzen Haaren und ein Mann. Drei Agents. Muss wichtig sein, denkt Thomas und bietet ihnen jeweils einen Stuhl an.

«Danke, Sir, aber wir stehen lieber», meint der dunkelhäutige Agent, der Thomas eher an einen Bodybuilder erinnert.

«Gut. Was kann ich für Sie tun?»

Die Frau hält ihm zwei Beutel hin. «Sind das Ihre Gegenstände, Sir?»

Thomas greift nach dem Beutel mit der Schneekugel, dreht ihn um, so dass er auf den Boden gucken kann und nickt.

«Ja, die Schneekugel vermisste ich bereits. Sie stand in meinem Büro am anderen Ende der Stadt.»

Die Frau runzelt die Stirn. «Am anderen Ende der Stadt?», wiederholt sie fragend.

«Ich betreibe ehrenamtlich eine Praxis für die Behörden. Dort arbeite ich mit Patienten, die schwere Traumata überwinden müssen und teilweise stark selbstmordgefährdet sind.»

«Das bedeutet, diese Patienten bezahlen nicht für die Behandlung?», fragt der Weizenblonde, dessen Namen laut Marke Howard Caspar ist.

«So ist es. Sie werden mir vom Staat vermittelt.

Manchmal kommen auch Patienten zu mir, die davon gehört haben. Wo haben Sie die Schneekugel her? Ich hatte bereits die Putzfirma in Verdacht.»

«Haben Sie das Fehlen gemeldet?»

«Ja natürlich habe ich das.»

«Wir werden das überprüfen, Doktor Hanks.»

«Darf ich erfahren, wo Sie die Kugel gefunden haben?»

«Und die Lesebrille», wirft der Dunkelhäutige ein.

«Wo waren Sie gestern Nacht, so zwischen zwei und drei?»

«Bei meiner Frau. Sie können sie gerne befragen.» Thomas hält es für schlau, nicht zu erwähnen, dass seine Frau bereits mit ihm telefoniert hat.

«Das werden wir tun. Sagt Ihnen der Name Samantha Gaynor etwas?» Irgendwo klingelt etwas bei dem Namen, aber Thomas weiß nicht, woher.

«Ich weiß nicht ...»

«Dann überlegen Sie mal scharf, Doktor Hanks. Waren Sie in den letzten Tagen auf Reisen?» Der Weizenblonde blickt sich im Büro um, nachdem er die Frage gestellt hat.

«Ja, war ich in der Tat. Ich hatte einen Vortrag in Delaware. Bin aber am selben Tag wieder nach Hause gefahren.»

«Wir werden auch das überprüfen, Doktor Hanks. Ich muss Sie nun über Ihre Rechte aufklären, Doktor Hanks. Sie sind dringend tatverdächtig, Samantha Gaynor und eine weitere junge Frau, deren Identität wir noch nicht kennen, ermordet zu haben ...»

«Moment mal. Sie können meine Frau fragen. Ich war zu Hause.»

«Wir haben bereits mit Ihrer Frau gesprochen,

Doktor Hanks. Sie bestätigt Ihre Aussage, allerdings wurden Ihre Gegenstände bei den Leichen gefunden ...» Thomas gerät in Panik und hört nicht mehr zu. Auch der Belehrung über seine Rechte kann er nicht mehr folgen. Das ist ein Missverständnis, will er rufen, aber er ist ruhig. Er darf nichts mehr sagen, ohne nicht vorher mit seinem Anwalt gesprochen zu haben.

«Darf ich meinen Anwalt anrufen?»

«Aber selbstverständlich», antwortet der Dunkelhäutige und reicht ihm das Telefon. Mit zittrigen Fingern wählt Thomas die Nummer seines Anwalts.

21

«Die paar Tage. Wir haben sowieso keine Prüfungen mehr. Ich wette, die Hälfte aller Studenten macht schon frei», sagt Viktoria und greift in ihren Schrank.

Danah, ihre Zimmergenossin im Wohnheim, sitzt im Schneidersitz auf ihrem Bett und beobachtet, wie Viktoria Jeans und Shirts in den kleinen Koffer packt.

«Aber deine Eltern erwarten dich doch erst nächste Woche.»

«Ich will sie überraschen. Und ich bin mit David am Flughafen verabredet.»

Danah grinst süffisant. «David. Ist das nicht dieser Typ von der Dating-Plattform?»

Viktoria dreht sich mit einem Lächeln zu ihrer Freundin um, in der Hand hält sie noch eine Jeans.

«Ja. Oh, der ist echt so süß.»

«Du kennst ihn doch überhaupt nicht, Vik. Vielleicht ist er ja ein irrer Psychopath.»

«Quatsch. Ich habe ihn gegoogelt. Meinst du, ich treffe mich einfach mit irgendeinem Typ? Außerdem kann mir am Flughafen ziemlich wenig passieren.» Viktoria legt die Jeans zu den anderen und wirft ihre Schminkutensilien in einen kleinen Beutel.

«Du kennst ihn doch erst seit August.»

«Na und? Jetzt ist fast November. Wir haben jeden Tag Kontakt.» Und der ist ziemlich intensiv, aber das braucht ihre Freundin nicht zu wissen, außerdem wäre es ihr viel zu peinlich, mit Danah darüber zu sprechen.

Danah hebt die Hände. «Das sagt doch noch gar nichts.»

«Jetzt mach dir nicht so viele Sorgen.» Viktoria beugt sich zu Danah runter und gibt ihr einen Kuss auf die Wange. «Der Flughafen ist ein ziemlich öffentlicher Ort.» Zur Sicherheit packt Viktoria trotzdem ihr Pfefferspray in die Handtasche, auch wenn sie damit nicht durch die Sicherheitskontrolle kommt.

«Siehst du? Pfefferspray.»

Danah rollt mit den Augen. «Ich würde das nicht machen.»

«David ist echt süß, Danah. Aufmerksam, hört mir zu und außerdem hat er Kohle. Habe Bilder von ihm auf Wohltätigkeitsveranstaltungen gesehen. Wir sind auf einer Wellenlänge. Er steht auf die gleiche Musik wie ich und liebt Indiana Jones. Hey, ein Mann, der Indiana Jones gut findet. Gibt es ja wohl nicht so oft.»

«Du machst das anhand von einem Film fest?»

Nein, denkt Viktoria, aber sie kann ihrer Freundin wohl schlecht erzählen, dass sie mit ihm beim Skypen zum Orgasmus gekommen ist. Und er war danach immer noch interessiert an ihr. Es sind keine Bilder von ihr auf irgendwelchen Plattformen aufgetaucht. Dann haben sie gestern telefoniert und er hat sie angebettelt, früher zu kommen. Sie könnten sich noch ein paar Tage zusammen gönnen, bevor sie ihre Eltern besuchen geht. Aber auch das verschweigt sie Danah. Während Viktoria noch einige Dinge einpackt, kann sie das Gefühl der Vorfreude nicht unterdrücken. David ist aufregend. Mit ihm zu skypen und zu chatten, ist aufregend und neu. Fast fühlt sich Viktoria, als würde sie etwas Verbotenes tun, dabei ist es das normalste der Welt. Heutzutage. Aber dieser Kitzel erregt sie gleichzeitig und wann immer David und sie Kontakt haben, drängt es sie, ihn auch in der Realität kennenzulernen. Ein schöner Zufall, dass er in ihrer Heimatstadt lebt und nicht irgendwo in Europa zum Beispiel, am Arsch der Welt.

Es war spontan. Nachdem sie gestern miteinander geskypt hatten, schlug David vor, dass sie sich sehen sollten. Sie könnten sich Zeit lassen, besser kennenlernen und er wäre ganz verrückt nach ihr.

‚Ich wollte Dich fragen, ob Du schon früher kommen kannst', hat er geschrieben.

‚Was meinst Du?'

‚Du hattest ja gesagt, dass Du nächste Woche Deine Eltern besuchst. Zu den Semesterferien. Ich würde Dich gerne früher sehen. Kannst Du Dir vorher schon freimachen?' Unter dem Satz befand sich ein breit grinsender Smiley.

‚Gehen tut das bestimmt ...'

‚Ach bitte. Ich möchte Dich unbedingt endlich wirklich fühlen und bei mir haben.'

Viktoria hat eine ganze Weile nicht reagiert. Dann hat er sie angerufen, nachdem er wissen wollte, ob Danah in der Nähe ist.

Sein Gesicht zu sehen, die Augen, die so flehentlich geschaut haben … Wie hätte Viktoria da nein sagen können?

«Also schön. Ich nehme den Flug um vierzehn Uhr morgen.»

David hat sich gefreut wie ein Kind. Und jetzt ist Viktoria so aufgeregt, ihn endlich zu sehen und mit ihm ein paar heiße Tage zu verbringen.

«Du musst wissen, was du tust. Aber ich halte es immer noch für eine Schnapsidee.» Danah ist vom Bett aufgestanden und zieht sich eine Jogginghose an. «Ich mache mir jedenfalls ein paar schöne Tage ohne dich. Pizza, Filme gucken, Wein trinken.» Viktoria muss lachen. Danah ist eigentlich eine Sportskanone. Jede freie Zeit verbringt sie mit Laufen, Radfahren oder Schwimmen, so dass Viktoria genügend Zeit alleine auf dem gemeinsamen Zimmer hat. Dass sie mal mit Jogginghose und Pizza im Zimmer verbringen will, hält Viktoria für eine Lüge und so ist es auch, denn Danah zieht sich ihre Joggingschuhe an und grinst verräterisch.

«Hey, nur damit ich mir keine Sorgen mache. Rufst du mich an, wenn du angekommen bist? Und nochmal, wenn du bei ihm bist. Vom Klo aus, oder so.»

Viktoria setzt sich auf den Koffer, der nicht zugehen will. «Ja, mach ich», bringt sie ächzend raus.

«Soll ich dir helfen?»

Viktoria sieht lachend auf. «Du Fliegengewicht? Ne, ich habs gleich.» Danah blickt mit verschränkten Armen auf sie hinab.

«Okay, fertig.» Viktoria kommt wieder auf die Beine und umarmt ihre Mitbewohnerin.

«Denk dran, dass du mich anrufst.»

«Ja, mach ich.»

«Und pass auf dich auf.» Danah mustert sie sorgenvoll und legt ihre Hände auf Viktorias Schultern.

«Klar. Mach dir keine Sorgen. David ist nicht so einer.»

Danah runzelt die Stirn und nimmt ihre Hände wieder runter.

«Wie gesagt, das wird ein irrer Psychopath auch kaum zugeben. Dann guten Flug. Bist du sicher, dass ich dich nicht zum Flughafen fahren soll?»

Viktoria schultert ihre Handtasche und nimmt den Koffer in die Hand. «Ich habe mir ein Taxi bestellt. Ist ja nicht so weit.»

«Okay. Warte, ich mach die Tür auf. Wollte sowieso jetzt zum Joggen.»

«Danke.»

Vor dem Eingang des Wohnkomplexes wartet bereits das Taxi. Der Taxifahrer steigt aus, öffnet den Kofferraum und hilft Viktoria beim Einladen des Koffers. Danah winkt ihr zu und trabt locker davon, während Viktoria einsteigt, ihr Handy aus der Handtasche zieht und eine Nachricht an David verfasst.

Sitze im Taxi
Freue mich auf später

Seine Reaktion folgt direkt.

Ich freue mich auch auf dich. Guten Flug

Sie tippt noch einen küssenden Smiley ein und verstaut das Handy wieder in der Handtasche.

Nach nicht einmal einer Stunde landet der Flieger auf dem Dulles International Airport in Washington. Bei der Gepäckausgabe schreibt Viktoria Danah eine kurze Nachricht und nimmt kurz darauf ihren Koffer entgegen. Beschwingt und mit einem Kribbeln im Bauch geht Viktoria, den Koffer hinter sich herziehend, auf den Ausgang zu. Glücklicherweise weiß sie, wie David aussieht. Oft genug haben sie geskyped. Auf Fotos sieht er etwas jünger aus, aber das hatte sie damals nicht gestört, als sie ihn online gesehen hat.

Etwas schüchtern steht er an einer Säule in der Ankunftshalle, die Hände in den Jeanstaschen vergraben. Er trägt eine Baseballkappe auf dem Kopf, die er tief in sein Gesicht gezogen hat. Die Kappe erschwert es ihr zwar, ihn zu erkennen, doch den Mund würde sie überall erkennen. Oft genug hatte sie ihn angesehen und sich gewünscht, er würde sie küssen.

Er sieht müde aus und blickt ernst vor sich auf den Boden, aber das macht ihr nichts. Eine Weile beobachtet sie ihn, bis sie es schließlich nicht mehr aushält und freudig auf ihn zugeht.

«Buh», macht sie.

David sieht kein bisschen erschreckt aus, es ist eher ein surrealer Moment, in dem er von unten nach oben sieht, da er plötzlich ganz anders aussieht, als eben noch. Er lächelt sie an.

«Hey», sagt er leise. «Wie war dein Flug?»

«Ganz okay.» Viktoria wartet darauf, dass er sie in den Arm nimmt, sich freut, sie zu sehen, aber er macht keinerlei Anstalten, sie zu begrüßen. Der Moment wird unangenehm und Viktoria ist kurz davor, ihn einfach stehenzulassen und doch zu ihren Eltern zu fahren.. David benimmt sich etwas zu komisch für ihren Geschmack.

«Bekomme ich keinen Kuss?», wagt sie einen Schritt nach vorne.

«Sorry, das fühlt sich alles komisch an. Wir haben uns so lange auf dem Monitor gesehen. Es ist irgendwie merkwürdig, dass du jetzt wirklich vor mir stehst.» Ohne dass er es bemerkt, atmet Viktoria erleichtert aus. Ihm geht es also ähnlich wie ihr.

«Du findest mich also nicht hässlich oder so?»

«Hässlich?» Er lacht auf. «Wie kommst du darauf? Du bist in Wirklichkeit sogar noch viel schöner.» Er stößt sich von der Säule ab, kommt näher und streckt die Hand aus. Dann streichelt er ihre Wange. Seine Finger fühlen sich kalt an, er riecht leicht nach Blumen. Kein teures Herrenparfum, eher ein erfrischendes Rasierwasser.

«Da bin ich aber beruhigt», murmelt sie und hält den Atem an. Sein Mund kommt näher und schließlich spürt sie seine Lippen auf ihren. Es ist ein zarter Kuss, nicht fordernd, nicht ‹ich will mehr› oder so ähnlich.

«Lass uns von hier verschwinden. Mein Auto steht auf dem Parkdeck», sagt er leise auf ihre Lippen.

«Okay.» Viktoria denkt an all die Dinge, die sie vor ihren Monitoren gemacht haben und ihr wird mit einem Mal heiß. Abrupt löst er sich von ihr, dreht sich zur Seite und geht mit großen Schritten in Richtung Ausgang. Viktoria zieht ihren Koffer hinter sich her und hat Mühe, mit ihm Schritt zu halten. Er hätte wenigstens ihren Koffer nehmen können. So eilt er vor ihr her, als könne er es nicht abwarten, von hier zu verschwinden. Danahs Warnung klingt in ihren Ohren, aber sie schüttelt den Kopf, um die Gedanken zu vertreiben. Sie werden sich ein paar schöne Tage machen und das Haus nicht verlassen. Vielleicht nicht mal das Bett. Bestimmt ist er genauso nervös wie ich.

An einem Automaten bleibt er stehen und bezahlt sein Ticket, dann eilt er wieder vor ihr her.

Nach über zehn Minuten kommen sie endlich am Parkdeck an, wo er ihr auch nicht den Kofferraum öffnet, sondern direkt einsteigt und den Motor startet. Darüber sollten wir reden, denkt Viktoria, zieht die Klappe des Kofferraums auf und verstaut ihren Koffer über einem Reserverad. Schweißgebadet nimmt sie schließlich neben ihm Platz, da zieht er sie in seine Arme, küsst sie leidenschaftlich, streicht durch ihre Haare und flüstert in ihr Ohr. «Ich bin so froh, dass du endlich da bist. Du hast mir gefehlt. Das hier hat mir gefehlt. Dich endlich real in den Armen zu halten und zu spüren.»

«Das geht mir auch so», sagt sie atemlos zwischen zwei Küssen, aber da spürt sie einen leichten Stich unterhalb ihres Ohrs. Ihre Lider werden schwer, ihr Magen rumort und unter ihrer Haut kribbelt es, als würden tausend Ameisen dort herumlaufen.

«Ich glaube, wir müssen etwas essen», lallt sie.

«Später, Viktoria Hanks. Später.»

Bis sie merkt, dass etwas nicht in Ordnung ist, dass etwas ganz und gar nicht in Ordnung ist, ist es zu spät. Ihre Finger rutschen am Türgriff ab, die Schultern sacken nach unten, der Kopf fühlt sich schwer an.

«Was ... was hast du ...»

Dann wird alles schwarz um sie herum.

22

Sie ist endlich bei mir. Das monatelange Verstellen hat ein Ende. Ich darf wieder ich sein. Das wahre Ich. Als ich Viktoria zum ersten Mal gesehen habe, habe ich sie mit ihm verglichen. Sie hat seine Augen, aber mehr Ähnlichkeiten zu ihm bestehen nicht. Ob sie weiß, was ihr Daddy mit mir gemacht hat? Und auch mit anderen Kindern gemacht hat? Ob er das gleiche mit ihr auch getan hat? Nein. Ich hatte sie in einer unserer vielen Unterhaltungen gefragt. Sie liebt ihren Daddy über alles.

‚Er ist mein Mentor. Ein unglaublicher Menschenfreund.' Ich habe gelacht. So verkauft er sich heute? Meint, er könnte die Vergangenheit begraben? Seine Taten ungeschehen machen?

Ich sehe sie an. Sie ist ganz hübsch. Etwas fett vielleicht um die Hüften. Ich kann mich erinnern, als sie sich zum ersten Mal vor der Webcam ausgezogen hat. Wie sie sich für ihren Körper geschämt hat. Und wie ich ihr Mut zusprechen musste.

‚Du bist wunderschön mit all deinen Kurven.' Sie ist rot geworden. Schließlich hat sie nach einer Ewigkeit endlich nackt vor ihrem Laptop gesessen. Mit spitzen Fingern hielt sie mein Geschenk vor sich. Ich habe mir so viel Mühe gemacht, es auszusuchen. «Einstiegsgerät». So wurde es auf der Internetseite präsentiert. Ich habe es direkt zu ihr liefern lassen. Mit einer kleinen Grußbotschaft versehen.

«Ich will dir zusehen.»

«Sowas habe ich noch nie gemacht», hat sie gesagt und mit großen Augen in die Kamera gestarrt.

«Ich auch nicht», habe ich gesagt. Ich habe es auch noch nie vor jemanden gemacht, aber mir dafür haufenweise Pornos angeguckt.

«Mach ihn an», habe ich geflüstert und mich gestreichelt. Die Kamera war auf mich komplett gerichtet. Sie konnte also sehen, wie hart ich war.

«Zeig mir, wie dein Körper reagiert. Ich will, dass du ihn an deine Brüste hältst. Ich will sehen, wie es dich aufgeilt.» Zunächst hat Viktoria gezögert, aber ihre Wangen waren bereits errötet, ihre großen Brüste hingen nicht mehr schlaff an ihr herunter, sondern haben sich leicht angehoben. Die Nippel ragten steil nach oben.

Wenn ich jetzt darüber nachdenke, empfinde ich nur noch Abscheu für sie. Sie hat sich eingenässt, als der Inhalt der Spritze seine Wirkung entfaltet hat. Ihre dicken Oberschenkel sind gespreizt und liegen schlaff auf dem Beifahrersitz. Als sie zum ersten Mal den Vibrator in ihre feuchte Muschi gesteckt hat, habe ich auf einem anderen Monitor einen Porno mit zwei geilen Lesben gesehen. Nur aus diesem Grund bin ich überhaupt in der Lage gewesen, einen hochzukriegen. Viktoria törnt mich schon alleine deshalb ab, weil sie seine Tochter ist.

Ich habe sowieso ein gespaltenes Verhältnis zur Sexualität, weil er mich therapiert hat und etwas zerstört hat. Weil er mich zu einem gesunden Mitglied der Gesellschaft machen sollte und alles, was er erschaffen hat, war ein noch gestörteres Kind.

Ich beiße auf meiner Wange herum und schmecke mein eigenes Blut, das mir auf die Zunge läuft.

Langsam fahre ich aus der Parklücke und verlasse den Flughafen. Mein Haus ist nicht in Downtown Washington, sondern liegt ein paar Meilen entfernt vom Flughafen. Es kommt mir sehr gelegen. So muss ich nicht dauernd an irgendwelchen Ampeln halten, wo vielleicht jemand ins Auto guckt und sich über die schlafende Beifahrerin wundert. Aber ich konnte es nicht mehr aushalten. Ich wollte mich nicht mit ihr unterhalten. Je schneller sie ihren Mund hält, desto besser. Obwohl das momentan sowieso niemanden auffallen würde. Heute sind die Wahlen für den neuen Präsidenten. Seit Wochen hört man nur noch eins in den Nachrichten: Trump versus Clinton. Ich habe Trump gewählt. Allein, weil ich Amerika eins auswischen will. Ich muss unwillkürlich lachen. Als ob Amerika Interesse daran hat, was ich tue. Aber ich glaube fest daran, dass viele Wähler so denken wie ich und Trump neuer Präsident wird.

Obwohl es eigentlich scheißegal ist. Ob Trump oder Clinton. Keiner der beiden Anwärter hätten etwas an meiner Situation geändert. Es interessiert sie vermutlich einen Scheißdreck, wie es den Kindern Amerikas geht. Wichtiger ist es für sie, die Außenpolitik zu stärken und nach außen hin ein Gutmensch zu sein. Wen interessieren da schon ein paar Heimkinder ...

Ich biege auf die Interstate ab und fahre gemütlich auf der rechten Spur. Eine Verkehrskontrolle ist das letzte, was ich jetzt gebrauchen kann. Mit Viktoria werde ich eine Menge Spaß haben.

Ich werde ihr nämlich genau das antun, was ihr Daddy mir vor mehr als zwanzig Jahren angetan hat.

Mit einem Grinsen fahre ich weiter. Der Uringeruch, der von ihr ausgeht, stört mich nicht mehr. Es bereitet mich nur darauf vor, was mich mit ihr in meinem Keller erwartet. Dort wird es wesentlich schmutziger.

23

«Wir haben die Identität der Frau.» Howard bleibt stehen und nimmt den Ausdruck des jungen Kollegen an sich.

«So schnell?»

«Sie war registriert. Ist einem Gewaltverbrechen zum Opfer gefallen», erklärt Bob.

«Isabelle Baker. Fünfundreißig. Wurde von ihrer Partnerin zu Sex gezwungen und tagelang in deren Keller eingesperrt, bis der Bruder des Opfers sie befreit hat. Aber jetzt kommt der eigentliche Hammer ...» Bob ist nach seiner Ausbildung in Quantico in Howards Team eingesetzt worden und man merkt ihm an, wie jung er ist. Bob kommt direkt von der Uni und dass er beim FBI arbeiten darf, ist für ihn die Erfüllung eines Traums, auf den er jahrelang hingearbeitet hat.

Howard mustert ihn belustigt.

«Sie war Patientin bei Doktor Thomas Hanks.»

Das ist in der Tat eine interessante Information, die Howard noch neugieriger auf den Psychiater macht.

«Stellen Sie mir alle Informationen zu Isabelle Baker zusammen. Ich will wissen, ob da irgendein Zusammenhang besteht. Und besorgen Sie uns einen Gerichtsbeschluss für die Patientenakte.»

«Alles klar.» Bob dreht sich um und geht fast beschwingt den Flur entlang.

«Waren wir auch so?», fragt Rick mit einem breiten Grinsen auf den Lippen.

«Ich bestimmt nicht. Kam ja vom Police Department. Aber vielleicht ein bisschen ehrfurchtsvoll», antwortet Howard, froh seine Sorgen für einen Moment zu vergessen.

«Und mich fragt mal wieder keiner.» Kathlyn schiebt ihre Unterlippe nach vorne.

«Du bist erst einen Tag offiziell als Agent bei uns.»

«Trotzdem ...» Sie lächelt. «War auch nur ein Scherz. Lasst uns den Doktor in die Mangel nehmen.»

«Ich würde sagen, ich führe mit Kathlyn die Vernehmung. Rick, ich möchte dich in unserer Nähe wissen. Wenn etwas ist, hole mich direkt aus dem Gespräch.»

«Ist der Anwalt unterwegs?»

Rick nickt. «Jepp. Ihr habt also nicht viel Zeit.»

«Wenn er überhaupt etwas ohne sagt.»

«Darf das denn dann gegen ihn verwendet werden oder kann uns das als Fehler während der Ermittlungen ausgelegt werden?», will Kathlyn wissen.

«Wir können die Ermittlungen darauf aufbauen. Sich selbst belasten wird er sich wohl nicht.» Howard fährt sich mit den Fingern durch die Haare. «Aber ich muss wissen, was er mit meinem alten Freund zu tun hat. Vielleicht ist er es, vielleicht nicht.»

«Gut. Dann lasst uns keine Zeit verlieren.»

«Kathlyn, du bleibst im Hintergrund. Ich brauche dich als Joker.» Kathlyn wird rot, nickt und folgt ihm in den Verhörraum. Rick biegt vorher links ab.

Thomas Hanks sitzt zusammengesunken am Tisch und blickt kurz auf, als Howard gefolgt von

Kathlyn eintritt. Seine Hautfarbe ist fahl und er sieht müde aus. Die struppigen grauen Haare fallen ihm unordentlich ins Gesicht. Seine Hände hat er auf den Tisch gelegt. Ihm wurden Handschellen angelegt, aber er ist nicht dem festen Stahlring am Tisch fixiert.

«Wann kommt mein Anwalt?»

«Wir müssen noch einen Moment auf ihn warten», sagt Howard ruhig, zieht einen Stuhl zu sich und setzt sich. Kathlyn macht es ihm nach, sagt aber nichts, sondern beobachtet den Psychiater.

«Sie dürfen mich nicht befragen, wenn er noch nicht anwesend ist.»

«Sie müssen sich nicht selbst belasten, Doktor Hanks.»

«Das ist mir klar», schnaubt er.

«Was können Sie uns über Isabelle Baker sagen?» Verwirrt starrt Hanks ihn an.

«Sie ist meine Patientin.» Ist. Nicht war.

«Und weiter?»

«Mehr darf ich Ihnen nicht sagen, Agent Caspar.»

«Wir werden jeden Moment einen Beschluss von der Staatsanwaltschaft bekommen, Doktor Hanks. Also können Sie uns gleich erzählen, weshalb sie bei Ihnen in Behandlung war.»

Der Arzt blickt verstört von einem zum anderen. «Wieso war?», fragt er alarmiert.

«Isabelle Baker ist heute tot aufgefunden worden.»

Hanks schnappt nach Luft.

«Möchten Sie ein Glas Wasser?», fragt plötzlich Kathlyn.

«Ich ... nein ... ich ...», stammelt er.

Howard gibt ihm ausreichend Zeit, um sich wieder zu sammeln.

«Haben Sie den Mörder schon geschnappt? Ist die Freundin von Isabelle aus dem Gefängnis entlassen? Oh mein Gott. Die arme Frau.» Hanks ist noch bleicher als zuvor.

«Wissen Sie, Doktor Hanks. Genau aus dem Grund sind Sie hier.»

«Sie glauben, ich hätte etwas mit ihrem Tod zu tun? Das ist ja lächerlich.»

«Ist es das? Immerhin haben wir Ihre Lesebrille bei der Leiche gefunden.»

Jetzt springt Doktor Hanks auf. Er kocht vor Zorn. «Das ist eine Falle. Erledigen Sie doch erstmal Ihren Job und sehen nach, ob die Ex-Freundin von Isabelle wieder auf freiem Fuß ist. Sie sollte weitaus verdächtiger sein als ich. Und dann lassen Sie mich frei. Ich habe eine Praxis zu führen. Und meine Frau ... oh mein Gott, meine Frau. Ist sie benachrichtigt worden? Ich möchte sofort mit ihr telefonieren. Sie ist bestimmt außer sich vor Sorge.»

«Setzen Sie sich, Doktor Hanks», sagt Howard wieder ganz ruhig.

Hanks läuft hin und her. «Ich sagte, setzen Sie sich, wenn Sie nicht mit dem Tisch verbunden werden wollen.»

Hanks starrt Howard an. Hoffnungslosigkeit macht sich in seinem Gesicht breit.

«Sie glauben, ich habe sie getötet? Sie glauben das wirklich, nicht wahr?»

«Deshalb sind Sie hier, Doktor Hanks. Und nun setzen Sie sich. Ich möchte es Ihnen nicht noch einmal sagen müssen.»

Stumm setzt sich Hanks wieder auf den Stuhl.

«Nun, dann wollen wir doch noch einmal von vorne beginnen. Sie haben Isabelle therapiert. Wie habe ich mir so eine Therapie bei Ihnen vorzustellen? Hatten Sie Einzelsitzungen?»

Hanks antwortet nicht. Er sieht stur geradeaus.

Howard fragt nun speziell nach dem Opfer, Isabelle. «Wie oft kam Isabelle zu Ihnen?»

«Wie alle anderen auch. Einmal in der Woche», sagt Hanks. Die Frage war wohl nicht brisant genug für ihn.

«Hatten Sie ein Verhältnis mit ihr und sie hat damit gedroht, alles ihrer Frau zu erzählen?», probiert Howard ihn aus der Reserve zu locken.

«Was soll der Mist? Ich habe ganz sicher keinen sexuellen Kontakt zu meinen Patienten. Ich werde ab jetzt kein Wort mehr sagen. Sie brauchen mich überhaupt nicht zu provozieren, Agent Caspar. Wir warten, bis mein Anwalt anwesend ist.»

«Wie wäre es, wenn sie mir in der Zwischenzeit etwas darüber erzählen, wie Ihre Sitzungen üblicherweise ablaufen? Da ist doch nichts dabei, oder nicht?»

Hanks schweigt und starrt auf seinen Schoß. Howard fasst zusammen, was auf dem Ausdruck steht, den Bob ihm gegeben hat.

«Isabelle Baker, misshandelt von ihrer Freundin, zum Sex gezwungen, im Keller gefangen gehalten. Die Freundin wurde zu zehn Jahren Haft auf Bewährung verurteilt. Momentan sitzt sie ihre Strafe noch für drei Jahre ab, nächstes Jahr wird sie dem Bewährungsausschuss vorgeführt. Isabelle, das Opfer, wurde Ihnen überstellt. Erhöhte Selbstmordgefahr», paraphrasiert Howard.

«Es scheint so, als würden Sie des Öfteren Patienten vom Staat zugeteilt bekommen. Sie sind mit zwei weiteren Ärzten im Osten Washingtons in einer Praxis tätig, in der sie zu gemeinnützigen Zwecken unentgeltlich praktizieren. Leider geht aus meinen Informationen nicht hervor, ob die Patienten eine Stunde mit Ihnen alleine bekommen, oder in Gruppensitzungen Vorlieb mit Ihren Heilkräften machen.» Howard malt Anführungsstriche in die Luft bei dem Wort «Heilkräfte».

«Was wollen Sie mir unterstellen, Agent Caspar? Ich bin kein Wunderheiler, der die Hand auflegt und dann behauptet, dass die betreffende Person gesund ist. Ich habe an einer Universität studiert und praktiziere seit Jahren. Ich helfe Menschen mit tiefliegenden Traumata einen Weg zurück in ihr Leben zu finden.»

«Ohne Bezahlung», stellt Howard fest und sieht seinem Gegenüber fest in die Augen, doch dieser weicht seinem Blick aus.

«Richtig. Ohne Bezahlung. Unser Gesundheitssystem lässt leider zu wünschen übrig. Aber wer weiß, wenn Sie heute Trump gewählt haben, wird sich da in Zukunft vermutlich etwas ändern.» Hanks grinst ihn süffisant an.

«Sie weichen meinen Fragen aus, Doktor Hanks.» Howard lehnt sich zurück und verschränkt die Arme vor der Brust.

«Ich habe Ihnen gesagt, dass ich ohne meinen Anwalt nichts mehr sagen werde.»

«Wir unterhalten uns doch nur.»

Hanks schnaubt abfällig.

«Isabelle Baker war also ihre Patientin. Was ist mit Samantha Gaynor? War sie auf einem ihrer Vorträge? Haben Sie sich bei einem Gläschen Wein in der Hotelbar näher kennengelernt ...»

«Ich habe Ihnen doch schon gesagt, dass ich nicht in Delaware übernachtet habe.»

«Ja, natürlich nicht, richtig. War Samantha eine Bewunderin von Ihnen? Ist sie Ihnen vielleicht gefolgt? War sie eine Stalkerin?» Howard lässt die Fragen blitzschnell auf ihn los, in der Hoffnung einen wunden Punkt zu erwischen.

«Ich kenne diese Frau überhaupt nicht.»

«Auch hier muss ich Ihnen leider widersprechen. In den Händen der Toten lag eine Schneekugel. Ebensolche, die Sie von Ihrer Tochter aus Paris bekommen haben.»

«Herrgott nochmal. Ich weiß nicht, wie die Schneekugel dort hinkam, Agent Caspar. Ich vermisse sie seit einigen Tagen, das habe ich Ihnen bereits gesagt.»

«Merkwürdiger Zufall, dass jemand diese Kugel bei einer Leiche hinterlässt und dass die Frau im gleichen Bundesstaat ermordet wurde, wo Sie kürzlich einen Vortrag hielten, finden Sie nicht auch?»

Hanks sieht ihm fest in die Augen. «Das finde ich auch. Ganz offensichtlich will mir jemand etwas anhängen.»

«Wer sollte das sein?», bohrt Howard weiter. «Wissen Sie, Doktor Hanks, wir können Ihnen nicht helfen, aus der Sache rauszukommen, wenn Sie uns nicht mehr Informationen liefern.»

«Sie wollen mir helfen, schon klar», murmelt Hanks.

«Wir haben Beweise, Doktor Hanks. Wir können Sie mindestens zweiundsiebzig Stunden festhalten und befragen. Wenn wir irgendwo Ihre DNA auf den Leichen finden, verlängert sich der Zeitraum sogar. Ich wollte Sie nur darauf hinweisen, dass Sie mehr zu verlieren haben.»

«Ich will meinen Anwalt», verlangt er.

«Wen haben Sie so aufgebracht, dass er Ihnen etwas anhängen will?»

«Ich weiß es nicht. Das herauszufinden ist Ihre Aufgabe, Agent Caspar.»

Howard schüttelt bedächtig den Kopf. «Oh nein. Meine Aufgabe ist es, Sie einzusperren, damit die Menschen da draußen vor Ihnen in Sicherheit sind.»

«Vor mir? Oh nein! Ich bin kein Monster. Ich helfe den Menschen, ich liebe meine Patienten und meinen Job ...»

«Da haben Sie eine Ihrer Patientinnen wohl ein bisschen zu viel geliebt, was?»

Hanks hebt die Hände. «Ich gebe es auf. Sie wollen mir unbedingt diese Morde anhängen, damit Sie eine gute Quote haben, bei Ihren Chefs gut dastehen. Aber ich helfe Ihnen nicht dabei. Ich warte jetzt auf meinen Anwalt.»

Howard zieht einen Stapel Fotos aus seiner Anzugjacke. Auf den Bildern sind die Leichen der beiden Frauen aus unterschiedlichen Perspektiven zu sehen. Er legt die Bilder chronologisch vor Hanks.

«Sehen Sie sich an, was Sie den Frauen angetan haben.» Hanks schließt die Augen.

«Ich habe Ihnen nichts angetan», nuschelt er. «Ich will die Bilder nicht sehen und ich bin mir sicher, Sie haben kein Recht dazu, sie mir zu zeigen.»

Langsam hebt Hanks den Kopf und sieht Howard an, tunlichst vermeidend, die Fotos anzusehen.

In dem Moment öffnet sich die Tür. Howard fixiert noch immer Hanks Gesicht. Der blickt dann aber zur Seite. Howard folgt seinem Blick. Der Anwalt ist etwas übergewichtig, untersetzt mit wenigen Haaren. Sein Jackett spannt über dem Bauch, unter dem Arm trägt er eine Lederaktentasche. Er sieht konzentriert aus.

«Mein Name ist William Bickett. Ich bin der Anwalt von Doktor Thomas Hanks und ich gebe die Anordnung, dass mein Mandant kein Wort mehr sagen wird. Was wird ihm zur Last gelegt?»

Howard und Kathlyn stehen auf.

«Special Agent Howard Caspar und Special Agent Kathlyn Turner. Um Ihre Frage zu beantworten: Mord an zwei Frauen.»

Der Anwalt schielt auf die Fotos und wird blass. «Diese beiden Frauen?»

«Korrekt, Mister Bickett. Beide Leichen hatten persönliche Gegenstände von Doktor Hanks bei sich.»

«Weitere Spuren?»

«DNA Analyse ist noch nicht durch. Wenn wir aber ...»

Der Anwalt winkt ab und setzt sich neben seinen Mandanten, der noch immer keinen Blick auf die Fotos geworfen hat. Auch Howard und Kathlyn setzen sich wieder auf ihre Stühle.

«Dann könnten die Gegenstände auch von den Frauen selbst in ihre Obhut gelangt worden sein. Sie haben kein Recht, meinen Mandanten wegen ein paar lächerlichen Gegenständen festzuhalten.»

«Samantha Gaynor ist am selben Ort aufgefunden worden, wo Ihr Mandant ein Seminar gegeben hat. Isabelle Baker ist eine Patientin von ihm.»

«Zufälle gibt es. Wissen Sie, ich war sicherlich auch die letzten Wochen an mehreren Orten, an denen ein Mord passiert ist und gestern wurde sogar der Lebensmittelladen überfallen, in dem ich immer einkaufe. Zehn Minuten, nachdem ich dort war. Vielleicht habe ich in dem Markt sogar etwas verloren? Meine Visitenkarte eventuell, die rausgefallen ist, als ich bezahlt habe. Bin ich nun auch verhaftet?»

Hanks Mund zuckt verdächtig. Howard atmet tief ein und aus. Hanks ist momentan seine einzige Spur zu seinem alten Freund. Zu dem Menschen, der ihm alles genommen hat. Das wird er sich durch die sarkastische Art des Anwalts mit Sicherheit nicht kaputt machen lassen.

«Wenn Sie zu den Opfern näheren Kontakt hatten, dann können wir nochmal darüber reden, Mister Bickett. Ich verstehe ja, dass Sie nur Ihren Job machen und Ihrem Mandanten helfen möchten. Aber bitte helfen Sie auch uns, dass wir zwei Morde aufklären müssen. Wie Sie auf den Fotos erkennen können, sind diese mit äußerster Brutalität ausgeführt worden. Möglicherweise kommt auch bei der Befragung heraus, dass Hanks unschuldig ist, aber dann müssen wir dennoch herausfinden, wer ihm etwas anhängen möchte und warum, verstehen Sie das?» Howard ist sich bewusst, dass er in den letzten Minuten nicht gerade sympathisch rüberkam, aber das muss er gar nicht. Nun versteht er, warum Agenten von Fällen abgezogen werden, wenn sie einen persönlichen Bezug dazu haben. Er hat nicht mehr rational gehandelt.

Der Anwalt schweigt einen Moment. «Dann erledigen Sie Ihren Job und lassen Sie Doktor Hanks frei.»

«Ich kenne sie ...», sagt Hanks plötzlich mit hoher Stimme.

«Thomas, du solltest jetzt nicht ...»

«Sie war in meinem Seminar und hat eine Frage gestellt, die ziemlich kontrovers war.»

«Was meinen Sie mit kontrovers? Haben Sie sich gestritten?»

«Agent Caspar, ich bitte Sie ...»

«Nein, nein. Es ging um einen ethischen Aspekt in der Arbeit von Psychiatern. Es war auch nur eine kurze Zwischenfrage, mehr nicht.»

«Sie haben das Thema nach Ihrem Seminar nicht weiter vertieft?»

Hanks legt, so gut es ihm möglich ist mit Handschellen, sein Gesicht in die Hände und schüttelt mit dem Kopf. «Was geht hier vor? Ich verstehe es nicht.»

«Doktor Hanks. Möglicherweise sind auch Sie in Gefahr, haben Sie sich das mal überlegt?»

«Thomas, lass dich bitte nicht von den Agents unter Druck setzen. Ich finde», sagt er an Howard gewandt, «ich habe nun ein paar Minuten mit meinem Mandanten. Alleine und ohne Überwachung.» Dabei zeigt er auf den Spiegel.

«Natürlich», sagt Howard und steht auf.

24

Viktoria fällt es schwer, die Augen zu öffnen. Es fühlt sich an, als würde etwas auf ihren Lidern liegen. Etwas, das es ihr erschwert, sie aufzumachen. Allerdings hält dieser Moment nicht lange an, denn sie erinnert sich plötzlich dunkel, dass sie mit David im Auto gesessen hat und ein Stich an ihrem Hals gespürt hatte. Panisch kann sie nun doch die Augen aufreißen, hebt den Kopf und erbricht sich. Tränen laufen ihr aus den Augen, Rotz aus der Nase. Sie will es wegwischen, aber ihre Hände sind gefesselt. Überhaupt kann sie sich kaum bewegen und als sie endlich ihren Blick schärfen kann, sticht das Licht einer Lampe im Auge, so dass ihr Kopf anfängt zu brummen. Sie spürt eiskalten Felsen unter sich, versucht die Beine zu strecken, aber auch die scheinen gefesselt zu sein. Dann überrollt sie die Panik. Hektisch atmet sie ein und aus, versucht etwas zu erkennen, aber ihr Kopf lässt sich nicht weit genug drehen, um sich ein Bild des Raumes zu machen. Auf dem Kehlkopf spürt sie einen Druck. Etwas erschwert ihr das Atmen. Und dann beginnt sie zu zittern, denn sie ist nackt und ihr ist eiskalt.

«Hallo?» Als ob das was bringen würde. Viktoria liest unheimlich viel und am liebsten extra brutale Thriller und jedes Mal hat sie sich gefragt, warum die Gefangenen direkt nach dem Aufwachen «Hallo» rufen. Als ob irgendjemand sie hören und retten würde. Jetzt ist sie selbst in so einer Lage und ihr fällt rein gar nichts ein, außer ebenfalls zu rufen. Alles, was sie jemals gelesen hat, ist nichts im Vergleich zu der Hilflosigkeit, die sie überfällt. Zur Aussichtslosigkeit. Und ich blöde Kuh habe Mom und Dad nicht Bescheid gesagt. Warum eigentlich nicht? Sie ist doch alt genug, um sich mit einem Mann zu treffen. Und Dinah. Sie hatte sie gewarnt, aber man denkt ja nicht gleich an eine Entführung, wenn man jemanden im Internet kennenlernt.

Nein, natürlich nicht, Viktoria. Ist nur das Naheliegendste.

Dummerweise weiß sie nicht mal, wo sie ist. Ist der Raum groß oder klein? Hat sie eine Möglichkeit, zu entkommen? Was hat David vor? Ist es überhaupt David? Oder wurde er auch entführt? Vielleicht hat er mit der ganzen Sache ja gar nichts zu tun. Vielleicht liegt er direkt neben ihr?

«David? Bist du da?» Viktoria muss husten. Ihre Kehle ist so trocken wie ein Reibeisen. Nichts. Sie ist völlig alleine in diesem Raum. Mühsam rollt sie sich zur Seite, aber ihre Beine und Arme sind hinter ihrem Rücken verbunden und das Seil scheint zusätzlich um ihren Hals geschlungen zu sein. Sobald sie sich bewegt, zieht sich das Seil enger um ihren Hals. Also muss sie wohl oder übel in dieser Position liegenbleiben. Dann fällt ihr auf, dass es unangenehm riecht. Nicht nach ihrem Erbrochenen. Es riecht eher nach altem, abgestandenen Urin und der metallische Geruch von Blut. Aber kein frisches Blut, das kaum einen Eigengeruch besitzt, sondern süßlich, als wäre es vergammelt. In ihrem ersten Studienjahr hat sie sich auch mit dem Thema Pathologie beschäftigen müssen. Sie hat schnell festgestellt, dass das nichts für sie ist, da ihr Magen einfach zu schwach ist. Aber den Geruch kennt sie sehr gut und alles in ihr zieht sich zusammen.

Viktoria rollt die Augen zur Seite, um auf den Fußboden zu sehen, aber ein neuer Würgereiz überkommt sie und sie muss sich noch einmal übergeben.

Warum war sie nur so verflucht naiv? Sie hätte nicht mit David mitgehen dürfen. Sie hätte wenigstens Dad anrufen und ihm Bescheid sagen müssen, dass sie früher kommt. Aber was hätte er jetzt tun sollen? Außer die Polizei zu rufen. Aber die wüsste genauso wenig wie sie, wo sie sich befindet. Aber wenigstens hätte er gewusst, dass etwas nicht stimmt.

Nein. Selbst das hätte nicht funktioniert.

Vielleicht schafft sie es ja doch, sich zu befreien? Vielleicht ... wenn sie nicht so viel Angst hätte. Sie versucht, sich zu beruhigen, nachzudenken, um vielleicht doch einen Weg hier raus zu finden.

25

Ich nehme mir zwei Kopfschmerztabletten aus meinem Medizinschrank und spüle sie mit einem Glas Wasser herunter. Dann öffne ich den Kühlschrank und nehme mir ein vertrocknetes Stück Pizza aus der Schachtel. Sie hat die Konsistenz von Gummi. Hunger habe ich nicht, allerdings sollte ich mich stärken und würge die Pizza herunter.

All die schrecklichen Dinge, die ihr Vater mit mir getan hat. Von denen er mir vorgegaukelt hat, dass sie nicht wahr seien. All die schrecklichen Dinge, die mein eigener Vater mit mir getan hatte und diese Dinge verschwimmen zu einer Tat.

«Daddy», habe ich gerufen, als sie mich und ihn abholten. Mom, die in ihrer Badewanne in ihrem Blut saß, unsere Nachbarin, die mit der Hand auf ihrer Brust am Eingang gestanden hatte. Diese Bilder werde ich nie mehr vergessen, auch wenn er immer wieder versucht hat, sie aus meinem Kopf zu verbannen.

«Der arme Junge.» Das war alles, was ich gehört habe. Aber warum war ich arm? Ich hatte Eltern, die mich liebten. Daddy hat mich nie geschlagen. Auch wenn das erste Mal sehr wehgetan hatte, war er mein Dad, der mich liebte. Der mir seine Liebe nicht anders zeigen konnte. Aber ich bin aus ihm entstanden. Aus ihm und meiner Mom. Wie sollte ich beurteilen, ob das, was er getan hat, falsch gewesen ist? Ich wollte nicht fort von ihm.

«Daddy liebt dich, mein Junge. Vergiss das nie.» Die

Männer, die ihm Handschellen angelegt hatten, haben ihm voller Zorn die Faust ins Gesicht gerammt. Warum tut ihr das?, wollte ich fragen.

«Hört auf! Hört auf, ihm wehzutun!»

Eine Frau hat mich in den Arm genommen. «Alles wird jetzt gut.»

«Nichts ist gut. Ich will zu Daddy.»

Ich sah ihn nie wieder. Er hat sich mit einem Bettlaken in seiner Zelle erhängt. Dies war der Zeitpunkt, an dem ich auffällig wurde, zumindest laut der Heimleitung. Ich habe mich zurückgezogen, wollte nicht mit anderen Kindern spielen, nicht mit ihnen reden und dann passierte etwas. Etwas, das mich zu ihm geführt hat.

Oskar, der Pfleger. Ein netter Bursche. Er war der Sohn des Heimleiters und arbeitete neben seinem Studium im Heim. Oskar zog mich an. Weil Oskar nicht der war, der er vorzugeben versuchte.

Ich habe immer schlecht geschlafen. Meine Träume handelten von Dad. Wie er lieb zu mir war. Manchmal hatte ich sogar Angst einzuschlafen, weil ich wusste, dass ich dann wieder in der Realität angekommen war. Dass nichts so schön war wie in meinen Träumen. Daddy nicht mehr da war.

In jener Nacht schlich ich mich auf den Dachboden und betrachtete die Sterne durch eine Dachluke. Die Nacht war klar, es war ein lauer Sommerabend und auf dem Dachboden war es heiß. Ich wollte das Dachfenster öffnen, da sah ich Oskar mit einem anderen jungen Mann im Garten zwischen den Bäumen stehen. Ich war fasziniert von dem Anblick. Oskar lehnte an einem Baumstamm, während der andere junge Mann direkt vor seinem geöffneten Hosenstall kniete. Ich konnte sie nicht hören, dafür war ich zu weit weg, aber ich konnte sehen, wie Oskar den Kopf in den Nacken warf und sich die geschlossene Faust an den Mund hielt. Seine Hüften bewegten sich schnell vor und zurück und ich war so fasziniert und erregt, dass ich mich selbst angefasst habe.

Die folgenden Tage war ich immer in Oskars Nähe. Manchmal schlich ich mich nachts aus meinem Bett zu seinem Zimmer, legte mich auf sein Bett. Er hat tief geschlafen, bis ich irgendwann mutiger wurde und mich an ihn gekuschelt habe.

In dieser Nacht ist er aufgeschreckt und wollte aus dem Bett springen. Aber ich hielt ihn um seine Hüften, zog seine Schlafanzughose etwas runter und berührte ihn.

«Was zum Teufel tust du da?»

«Ich habe dich beobachtet. Mit deinem Freund.»

«Du bist noch ein Kind, verflucht. Raus aus meinem Zimmer.» Aber er wich nicht weiter von mir, seine Augen funkelten mich an.

Als ich fertig war, kuschelte ich mich an ihn, doch er stieß mich vom Bett, war völlig außer sich.

«Was habe ich getan? Was zur Hölle ...»

«Es muss niemand erfahren», hatte ich geflüstert.

«Ich weiß es und das reicht. Oh Gott. Warum?»

Die folgenden Wochen versuchte er zwar, mir aus dem Weg zu gehen, aber ich tat es immer wieder für ihn. In der Waschküche, in der Besenkammer, im Keller. Und dann ... wurden wir erwischt. Und wieder nahm man mir einen Menschen, den ich geliebt habe.

In meiner Wut und dem Schmerz begann ich, Tiere

zu quälen. Ich wollte, dass sie so leiden mussten, wie ich. Es dauerte nicht lange, bis ich merkte, dass Menschen viel mehr Spaß machen als Tiere. Nachdem ich ein kleines Mädchen verprügelt habe, schickte man mich zu ihm. Und der eigentliche Albtraum begann.

«Diese Behandlung wird gut für dich sein. Sie wird dir helfen, dich selbst und deine Gefühle besser zu verstehen und mit allem umzugehen, was dir widerfahren ist.» Er hat mir über die Haare gestrichen, mich kummervoll angesehen. Ich wollte immer wieder rufen, dass sie keine Schuld hatten. Doch niemand hörte mir zu. Niemand glaubte mir. Auch er nicht.

Und dann ...

Ich kann nicht atmen. Eine Panikattacke. Ich versuche zu schlucken und gleichzeitig zu atmen, doch es geht nicht. Kein Tropfen Spucke befeuchtet meinen Mund. Mit rasendem Herzen drehe ich den Wasserhahn auf und trinke, bekämpfe meine Panik, das Gefühl des Ertrinkens an Land. Schweiß tropft mir von der Stirn und ich muss mich setzen. Mein Blick fällt wieder auf die Einladungskarte.

Dabei hat es ihm auch gefallen, auch wenn er es immer und immer wieder abgestritten hat. Auch wenn er mich loswerden wollte. Er bekam mich nicht los, denn ich hatte ihn in der Hand und er hat verzweifelt versucht, mich zu retten, es zu beenden, mich mit Drogen vollzupumpen, mir zu zeigen, dass er ein Monster war, dass er niemand war, den ich lieben durfte. Aber letzten Endes hatte es ihm gefallen. Jedes Mal. Er hat gekämpft. Mit allen Mitteln. Und dann hat er gewonnen, indem er mir wehgetan hat. Seelisch und körperlich.

Kurz darauf zog er fort. Mit seiner Familie. Niemand wusste, was passiert war. Niemand kannte seine neue Adresse.

Bis August dieses Jahres.

Bis wir uns wiedertrafen. Die Kinder von damals.

Bis das Kästchen in meinem Kopf geöffnet wurde.

26

Howard und Kathlyn gehen zusammen auf den Flur, damit Hanks sich mit seinem Anwalt beraten kann.

«Ich muss mal an die frische Luft», sagt Howard erschöpft und seufzt.

«Darf ich dich begleiten?», fragt Kathlyn besorgt.

Howard nickt und geht mit ihr den Flur entlang zum Aufzug, der sie in das Erdgeschoss nach oben bringt. An der frischen Luft atmet er tief ein und aus und reibt sich den verspannten Nacken.

«Glaubst du, Hanks hat etwas mit deinem alten Freund zu tun?»

«Vielleicht kennt er ihn. Womöglich hat er auch mit dem Psychiater eine alte Rechnung offen. Ich bin ehrlich gesagt ziemlich überfragt, was die Sache angeht. Das Ganze setzt mir schon ziemlich zu.»

Kathlyn legt ihre Hand auf seine und für einen Moment hat er den Wunsch, sie in seine Arme zu ziehen und alles einfach zu vergessen. Howard versucht zu lächeln, aber es gelingt ihm nicht.

«Ich kann mir nicht vorstellen, wie du dich fühlen musst, Howard. Aber ich glaube dir, wenn dieser Fall dich mitnimmt.» Plötzlich möchte Howard nicht mehr über den Fall sprechen. Nur für einen Augenblick möchte er diesem ganzen Wahnsinn entfliehen.

Er seufzt. «Vergessen wir das für einen Moment. Ich wollte dich eigentlich schon vor Wochen zum Essen einladen, aber dann kam dein Training dazwischen und ich dachte mir, gut dann mach ich es danach. Jetzt haben wir diesen Fall und ich bin versucht, das Thema

Date ad acta zu legen, aber ...»

«Ja.»

«Was?»

«Ja, ich gehe sehr gerne mit dir essen, Howard.» Kathlyn lächelt.

«Tatsächlich?»

«Natürlich. Warum nicht? Ich habe auch darüber nachgedacht. Und was ich antworten würde, wenn du mich fragst. Deshalb ja.»

Für einen Moment schlägt sein Herz schneller, pocht so heftig, dass er keinen Ton mehr rausbringt. Sie kommt näher, so dass er ihren Geruch wahrnehmen kann. Ein Duft nach Sommerwiese, frisch und doch blumig. Ihre Wangen sind leicht gerötet, was sie sehr verletzlich aussehen lässt. Aber da ist noch dieses Funkeln in ihren Augen. Ihm wird eng um die Brust. Es ist einer jener Momente, der schon durch ein Geräusch oder eine zu rasche Bewegung gestört werden kann. Sie legt ihre Hand auf seine Schulter, blickt ihm fest in die Augen. Die Spannung zwischen ihnen ist beinah zum Greifen spürbar.

«Da ist etwas, nicht wahr?», bringt er leise hervor, hebt die Hand, senkt sie aber gleich wieder.

«Ich glaube schon», murmelt sie.

«Mitleid?» Howard will es wissen. Er will wissen, ob sie ihn nur aufmuntern will oder ob sie tatsächlich etwas mehr für ihn empfindet.

Sie lacht leise. «Mitleid? Du glaubst, meine Gefühle für dich hätten etwas mit Mitleid zu tun? Wenn es so wäre, warum, Agent Caspar, habe ich das dann schon gespürt, als wir uns das erste Mal in dem Fahrstuhl begegnet sind?»

Howard strafft den Rücken, rollt mit den Schultern,

um die Verspannungen zu lösen und um sie nicht sofort in seine Arme zu ziehen und zu berühren ... zu küssen.

«Was?»

«Bitte was?»

«Was hast du gespürt?» Er fordert sie heraus, will von ihr hören, warum sie sich zu ihm hingezogen fühlt. Ob es mehr ist, als nur Verlangen. Dieser hübsche Mund lächelt, so dass er ihre Zähne dahinter blitzen sieht. Howard ist nur noch fixiert auf diesen Mund, will ihn mit seinem verschließen.

«Auch wenn ich etwas zickig war an dem Tag, hast du mich neugierig gemacht. Dein kleines Theater im Fahrstuhl hat mich nicht davon abgehalten, dich anziehend zu finden. Gleichzeitig wollte ich es nicht wahrhaben. Aber dann spürte ich, dass auch du ...»

«Ich würde dich jetzt gerne küssen», sagt er heiser.

«Dann tu es», fordert sie ihn ebenso heiser auf.

«Hier seid ihr.» Howard zuckt zusammen, blickt auf und sieht Rick am Eingang stehen, der seine muskulösen Arme vor der Brust verschränkt hat. Die Hemdsärmel sind hochgeschoben, so dass man seine Unterarme sieht. Rick blickt mit hochgezogenen Augenbrauen von Kathlyn zu Howard.

«Euch ist schon klar, dass da oben ein mutmaßlicher Mörder sitzt, den wir verhören sollten?»

Der Moment ist gestört, zwischen Kathlyn und Howard breitet sich wieder professionelle Distanz aus.

«Hat sein Anwalt denn schon wieder grünes Licht gegeben?», fragt Howard mit einem sarkastischen Unterton.

Rick schnaubt. «Kommt jetzt. Ich hab nicht den ganzen Tag Zeit.»

«Da hat einer seine Frühstücksflocken nicht gekriegt», murmelt Kathlyn.

«Oder seine nötige Dosis Nikotin», witzelt Howard.

«Als ob ich euch nicht hören könnte.» Rick dreht sich um und geht ins Gebäude.

«Der ist ja empfindlich.»

«Normaler Zustand», erklärt Howard.

«Heute Abend?»

Howard sieht sie verwirrt an.

«Essen gehen? Oder ich kann uns auch etwas kochen, wenn du möchtest.»

Howard lächelt. «Gerne. Lass uns etwas essen gehen.»

«Deal», sagt sie.

«Deal.»

Sie folgen Rick zurück ins Gebäude und fahren gemeinsam mit ihm ins Untergeschoss, wo die Verhörräume und zwei Zellen untergebracht sind.

Rick biegt wieder vorher ab. «Wir sehen uns», sagt er noch.

Bickett steht auf, als sie den Raum betreten. «Die Agents. Schön, dass Sie doch noch Zeit gefunden haben ...»

«Setzen Sie sich, Bickett und steigen Sie von Ihrem hohen Ross runter.»

«Hören Sie, Agent Caspar, mein Mandant hat für jede Tatzeit ein Alibi. Auch, wenn die Indizien Ihrer Meinung nach so erdrückend sind, war er nicht der Mörder dieser beiden Frauen», sagt der Anwalt sarkastisch und hebt bei seinen Worten eine Augenbraue.

«Die Alibis prüfen wir derzeit noch.»

«Aber Sie müssen doch nur meine Frau anrufen», sagt Hanks wehleidig.

«Das haben wir bereits. Sie hat uns bestätigt, dass Sie in der vergangenen Nacht zu Hause waren.»

«Ja und weiter?», fragt Hanks verwirrt.

«Wir können Sie leider nicht erreichen, um ihr zu sagen, dass Sie noch bei uns sind.»

Hanks wird blass. «Was soll das heißen?»

«Sie ist weder bei Ihnen zu Hause, noch auf Ihrem Handy erreichbar.»

Hanks Schultern sacken nach vorne.

«Offensichtlich vertraut Ihnen Ihre Frau nicht unbedingt.» Vertrauen hat mit dem ganzen Fall nichts zu tun, eher versucht Howard, den Arzt zu verunsichern und aus der Reserve zu locken. Dass sie seine Frau nicht weiter versucht haben, zu erreichen, braucht er nicht zu wissen. Immerhin haben sie ihre Aussage bereits vorliegen.

«Hören Sie endlich auf, Mutmaßungen über das Privatleben meines Mandanten anzustellen. Das gehört nicht zum Fall.»

Howard wendet sich an den Anwalt. «Und ob das zu dem Fall gehört. Tut mir leid, Ihnen das mitteilen zu müssen. Aber Ihr Mandant wird verdächtigt, zwei Frauen ermordet zu haben ...»

«Hören Sie auf, mich wie ein Kleinkind zu behandeln, Agent Caspar.»

Howard holt tief Luft. Der Anwalt geht ihm auf die Nerven. «Ihnen, Mister Bickett, ist nicht bewusst, dass wir ein Bußgeld gegen Sie erheben können. Wenn ich ein bisschen kreativ bin, kann ich daraus auch ein «Sie behindern eine laufende Ermittlung» machen. Hier geht es nicht um einen Einbruch, sondern um zwei

Morde.» Eine leere Drohung, denn der Anwalt ist ja dazu da, seinen Mandanten zur Seite zu stehen und ihn anzuweisen, dass er schweigen darf. Aber wie Howard zu Anfang vermutet hat, kennt sich der Anwalt mit derartigen Situationen nicht aus.

Der Anwalt will noch etwas sagen, schluckt es aber runter und setzt sich.

«Gut. Was bieten Sie an?»

Howard sieht in verdutzt an. «Was meinen Sie damit?»

«Welchen Deal bieten Sie an?»

Hat der zu viele Filme geguckt?

«Ich biete Ihnen überhaupt nichts an. Wir wollen die Wahrheit herausfinden.»

«Bitte. Dann fragen Sie.» Howard nimmt wieder Platz. Kathlyn tut es ihm gleich.

«Zu großzügig», sagt Howard spöttisch.

«Also Doktor Hanks, woran können Sie sich noch erinnern?»

«Wo soll ich denn anfangen?»

«Wie wäre es mit dem Seminar? Worum ging es?»

«Ich wurde eingeladen, über meine Theorien von Traumabewältigung mittels Schlaftherapien zu sprechen.»

Howard nickt ihm aufmunternd zu, weiterzusprechen.

«Solche Seminare werden zumeist von Studenten besucht. Natürlich nehmen auch einige Kollegen teil, die sich mit damit beschäftigen.»

«Da hat sich dann Samantha Gaynor gemeldet?»

«Ja, am Ende gibt es immer eine Fragerunde, die recht beliebt ist.»

«Was wollte sie wissen?», hakt Howard nach.

«Nicht viel. Sie hatte moralische Bedenken mit dem Thema Traumabewältigung durch die Manipulation der Träume des Patienten.»

«Bitte erläutern Sie uns, was Samantha für ein Problem damit hatte.»

«Sie befürchtete, dass man Menschen dadurch nach seinem eigenen Willen manipulieren könnte und dass die Folgen höchst umstritten seien.»

Kathlyn macht zustimmende Geräusche.

Howard sieht sie an. «Agent Turner, bitte erklären Sie uns das Dilemma. Ich kann es noch nicht ganz nachvollziehen, wie durch Fremdeinwirkung Träume beeinflusst werden können.»

Kathlyn räuspert sich. «Ich habe dieses Thema im Studium kennenglernt und ein halbes Jahr einen Kurs besucht. Der Professor war ziemlich gut, deshalb gehe ich nicht davon aus, dass er niedere Absichten mit dieser Praktik hatte.» Sie schweigt einen Moment, bevor sie weiterspricht. «Dazu sollte man verstehen, wie Schlaf funktioniert. Also wissenschaftlich betrachtet», erzählt sie. «Im sogenannten Stadium eins befinden wir uns kurz nach dem Einschlafen. Der Schlaf ist sehr leicht, aber dennoch schwindet die Aufmerksamkeit auf die Umgebung zum Beispiel. Geräusche werden schwacher, die Muskeln entspannen sich. Es passiert eine Menge aus neurologischer Sicht. Das zu erläutern würde allerdings zu weit führen. Das zweite Stadium nennt sich non REM Phase, also non rapid eye movement. Diese Phase macht die Hälfte unseres Schlafes aus. Stadium drei leitet uns in den Tiefschlaf über. Unsere Muskeln erschlaffen noch weiter. Und dann kommt der Tiefschlaf. Schlafwandeln und Sprechen im Schlaf sind hier am deutlichsten zu beobachten. Und der REM Schlaf ist der, in dem wir träumen. Er dauert immer nur ungefähr fünf bis zehn Minuten.»

«Hätte ich nicht gedacht», sagt Howard, sichtlich gebannt von Kathlyns Ausführungen.

«Ja, man glaubt häufig, man hätte die ganze Nacht geträumt.» Kathlyn lächelt ihn an.

«Was Doktor Hanks nun im Rahmen von Traumatabewältigung tut, ist folgendes: Er manipuliert die einzelnen Phasen, ähnlich wie eine Hypnose und bringt durch neurologische Transmitter den Patienten dazu, seine Erfahrungen im Schlaf zu bewältigen.»

«Was sind neurologische Transmitter? Kann ich mir vorstellen, dass es um Medikamente geht?», wirft Howard seine Fragen dazwischen.

«Nicht ausschließlich. Die Patienten werden natürlich in Schlaflabors überwacht. Aber ja, vor zehn oder fünfzehn Jahren hat man auch Medikamente genutzt, um einzelne Nervenbahnen zu stimulieren. Heute wird das nicht mehr so gemacht. Meistens sitzt man vor den Schlafphasen zusammen, spricht intensiv mit dem Patienten und begleitet ihn in den Schlaf.» Sie sieht Hanks direkt an. «Ich interessiere mich sehr für diese Therapie. Auch wenn ich sie nie angewendet habe, ist der Schlaf ein wichtiges Instrument in der Psychotherapie.»

«Die heutige Praxis sieht so aus, dass wir mit dem Patienten über mehrere Wochen konzentriert trainieren, denn wenn der Patient in der ersten Phase ist, ist er von außen empfänglich. Diese Stufe machen wir uns heute zu nutze», ergänzt Hanks.

«Aha», macht Howard. «Jetzt verstehe ich die Bedenken von Samantha Gaynor. Zumindest ein bisschen. Das setzt ein hohes Vertrauen des Patienten zu seinem Arzt voraus, oder nicht, Doktor Hanks?»

«Ja natürlich, Agent Caspar. Vielen Dank, Agent Turner. Das haben Sie natürlich vereinfacht erklärt, aber gut auf den Punkt gebracht. Diese Behandlung führe ich allerdings nur bei ausgewählten Patienten durch.»

«War Isabelle Baker eine davon?»

«Du musst das nicht beantworten, Thomas», grätscht Bickett dazwischen.

Aber Hanks winkt ab und blickt Howard wieder an. «Nein. Isabelle gehörte zu dem Kreis der Patienten, die ich im Rahmen meiner freiwilligen Arbeit betreue. Wir sitzen ausschließlich in Gruppen zusammen. Den Menschen hilft es oftmals, wenn sie mit Gleichgesinnten sprechen oder zumindest unter sich sein können. Ich habe nie jemanden gezwungen über das, was ihm passiert ist, zu sprechen. Meistens lasse ich die Teilnehmer ganz frei über ihren Alltag sprechen, den sie versuchen zu bewältigen. In der letzten Sitzung hatten wir sogar Fortschritte gemacht. Die Patienten haben sich gegenseitig Mut zugesprochen. Das war ein Durchbruch. Nur ...» Hanks runzelt die Stirn, so als überlege er, ob er etwas wichtiges vergessen hat.

«Mir fällt gerade ein, dass ein Patient seit mehreren Sitzungen nicht mehr teilgenommen hat.»

«Wie hieß dieser Patient?»

«David ... David Smith.»

«Müssen sich Ihre Patienten abmelden, um bestimmte Auflagen zu erfüllen?»

«Nein. Er kam freiwillig zu mir. Da gibt es keine Auflagen.»

«Hatten Sie Streit?», bohrt Howard weiter.

«Nicht, dass ich wüsste. Nein. Ich habe mich noch nie mit einem Patienten gestritten.» Seine Augen sehen nach oben. Er lügt. Oder er denkt nach und will es nicht sagen.

«Können Sie uns die Kontaktdaten von Ihrem Patienten David Smith geben?»

Der Anwalt schüttelt mit dem Kopf. Hanks sagt nichts.

«Kommen wir auf Samantha Gaynor zurück, Doktor Hanks. Sie hatten eine Diskussion, eine wissenschaftliche Auseinandersetzung, wenn ich Sie richtig verstanden habe.»

Hanks nickt müde.

«Haben Sie sie nach dem Vortrag noch einmal gesehen? Wollte sie das Gespräch vertiefen?»

Hanks überlegt kurz und schüttelt dann den Kopf. «Nein. Ich habe mit dem Veranstalter gesprochen und musste dann zum Flughafen. Diese Frau ist mir nicht mehr über den Weg gelaufen.»

«Wie es ist mit Isabelle. Hatte sie mit David gestritten?»

«In der Therapie? Nein. David war ein sehr ruhiger Patient, der sich nicht beteiligt hat.»

«Wie oft war er in Ihrer Sitzung?», hakt Howard nach.

«Da muss ich überlegen. Ich denke nicht mehr als zweimal. Er war wirklich länger schon nicht mehr da.»

«Wann haben Sie festgestellt, dass Gegenstände fehlen?»

«Gestern. Da fiel mir auf, dass die Schneekugel nicht mehr auf dem Schreibtisch stand.»

«Und Ihre Brille?»

«Nun ja, ich muss zugeben, ich habe mehrere von diesen Brillen aus dem Drugstore. Vermutlich hätte ich sie nie vermisst.»

«Sind Ihre Büroräume gesondert abgesichert?»

«Nein. Es befinden sich auch keine Wertsachen darin. Wir haben keinen Wachmann, falls Sie das meinen.»

«Kameraüberwachung?» Howard gehen langsam die Ideen aus. Sie müssen David finden und mit den anderen Patienten sprechen.

«Nein, auch nicht, Agent Caspar.»

«Sind Sie nun fertig, damit wir gehen können?», fragt der Anwalt leicht genervt.

«Nein, Mister Bickett, sind wir nicht. Und im Übrigen müssen wir Doktor Hanks weiterhin in Gewahrsam lassen. Er ist immer noch verdächtig. Seine Frau ist nicht auffindbar. Die Analysen aus dem Labor liegen uns noch nicht vor.» Howard muss den Arzt noch weiter im Zugriff haben. Er ist im Moment der einzige, der ihn zu seinem alten Freund führen kann.

Bickett verschränkt die Arme vor der Brust. Damit erinnert ihn Howard an ein trotziges Kind.

«Wir müssen mit Ihren Patienten sprechen, die in der Gruppe von Isabelle Baker waren. Bitte nennen Sie uns die Namen.»

Der Anwalt setzt an, um etwas zu sagen, aber Hanks winkt ab.

«Natürlich werde ich Ihnen helfen. Ich habe die Frauen nicht ermordet und wer auch immer mir das anhängen will, scheint mich abgrundtief zu hassen.

Deshalb ist es meine Pflicht Ihnen so gut es geht zu helfen. Ich darf Ihnen allerdings keine Akteneinsicht in die Patientenakten geben.»

27

Verrückt. Ohne es zu merken, muss Viktoria eingeschlafen sein. Ein lautes Knarzen reißt sie schließlich aus dem Schlaf.

«Hallo? Bitte ...» Die Worte kommen nicht mehr als krächzend aus ihrem Mund. Der Hals ist so trocken, dass selbst das Schlucken schmerzt. Vor ihrem Sichtfeld tauchen zwei Füße in Turnschuhen auf. Viktoria hat Mühe den Kopf anzuheben, um die Person anzusehen, der die Füße gehören. Aber sie weiß eigentlich genau, wer da steht. Es ist David Vor lauter Verzweiflung beginnt sie zu weinen.

«Nicht weinen, Schätzchen», sagt er und geht in die Knie. Jetzt kann sie einen Teil seines Gesichts sehen.

«Warum tust du das?» Wie krank muss man sein, Monatelang mit jemandem Kontakt zu haben, intime Momente zu teilen, nur um ihn dann in einen Keller zu sperren. Sie kann nicht sprechen, nur noch für sich denken, denn ihr Hals schmerzt.

«Immer diese Fragerei. Für mich gehörte das zu einem Plan.»

Viktorias Magen verkrampft sich. «Plan? Was für ein Plan?»

«Wenn ich dir das jetzt schon verrate, ist ja die ganze Überraschung hinüber.»

Sie beginnt zu zittern. So stark, dass die Zähne aufeinander schlagen.

«Wir beginnen mit der sogenannten Phase eins. Du

wirst eine Weile nicht schlafen. Dadurch erreichst du eine Bewusstseinsebene, die normalerweise verborgen ist. Wir werden ein bisschen plaudern. Wenn du einschläfst, werde ich dich wecken. Ich werde also die nächsten Stunden bei dir sein.» Viktoria weiß nicht, was schlimmer ist. Alleine zu sein, oder seine Anwesenheit.

«Mit dem Schlafentzug stimulieren wir Rezeptoren in deinem Gehirn und darauf werden wir weiter aufbauen.»

«Wirst du mir wehtun?»

«Ich werde dich nicht mal berühren, Viktoria.» Er kommt mit seinem Gesicht nah an ihres. «Aber glaube mir, du wirst dir wünschen, dass ich das tue.»

Viktoria weiß genau was auf sie zukommt. Sie denkt an Guantánamo. An die Berichte über Gefangene, die dort mit dieser Methode gefoltert wurden, damit sie ihre Hintermänner verrieten. Krampfhaft versucht Viktoria sich zu erinnern, ob sie das Thema Schlaf in ihrem Studium schon so weit durchgenommen hatten, als dass sie es jetzt für sich nutzen könnte. Aber dann fällt ihr ein, dass hierzu ein separater Kurs angeboten worden wurde, den sie nicht belegt hat, weil ... es Daddys Spezialgebiet ist. Warum hatte sie ihn bloß nie dazu befragt? Der Schlaf ist doch auch in der Psychotherapie sehr interessant.

«Warum?»

«Üblicherweise antworte ich dann: Warum nicht? Entspanne dich, Viktoria. Ich denke, das wird sehr interessant werden.»

«Hat man das mit dir gemacht?», fragt sie, mutiger als sie sich fühlt. Howard steht auf, schnaubt wütend, geht durch den Raum. Sie hört nur die Schritte, kann ihn nicht mehr sehen. Vielleicht hat sie eine Chance, wenn sie ihn therapiert? Auch, wenn eine Therapie über Wochen und Monate hinweg andauert. Vielleicht hätte sie eine Chance, nah genug an ihn heranzukommen, um sich zu überlegen, wie sie hier raus kommen könnte. Natürlich würde sie das nicht so offensichtlich machen. Sie müsste es schlauer angehen. Plötzlich spürt Viktoria so etwas wie Hoffnung in sich aufsteigen. Ein kleiner Funke.

28

Hanks hat ihnen vorbildlich alle Namen aufgeschrieben.

«Bob kümmert sich mit Rick um Bob Harkins und Constanze Labelle. Wir haben Sally Winston, Bob Harkins und David Smith.», liest Howard vor. «Leider liegt uns zu Howard Smith keine Adresse vor. Das heißt, wir müssen das auf morgen verschieben.»

«Und die anderen beiden heute noch?», fragt Kathlyn und sieht auf ihre Armbanduhr. «Es ist schon nach sechs.»

Howard zuckt mit den Schultern. «Wir fahren bei Sally Winston vorbei und danach gehen wir zum Italiener essen. Harkins können wir auch morgen früh befragen. Und vielleicht haben wir dann auch die Adresse von Smith.»

Im Wagen herrscht im ersten Moment drückende Stille.

«Du bist so ruhig, Kathlyn. Alles klar?»

«Ich dachte nur über Hanks nach. Alles sieht danach aus, als würde er die Wahrheit sagen. Aber er gibt mir auch das Gefühl, dass er uns etwas verschweigt. Ich kann dir aber noch nicht mal sagen, warum ich dieses Gefühl habe.»

Howard lenkt den Wagen aus der Tiefgarage und rollt auf die Straße. «Ja, Hanks ist irgendwie komisch. Erst will er ohne seinen Anwalt nichts sagen und dann erzählt er uns alles freiwillig.»

«Ich kann mir nicht vorstellen, dass Hanks zu so

etwas fähig ist. Er sieht schon sehr konservativ aus.» Dann lacht sie. «Mörder sehen ja nicht aus wie Mörder. Blöder Gedanke, nicht wahr. Und das von einer Psychiaterin.»

In der Tat. Und Kinderschänder nicht wie Kinderschänder, denkt Howard. Was hat sein alter Freund mit der ganzen Sache zu tun?

«Liest du mir vor, was wir zu Sally Winston haben?», bittet er Kahtlyn.

«Siebenundvierzig, Single, keine Kinder. Wurde von ihrem Ex-Mann Jahrelang schwer misshandelt, bis eine Nachbarin sie rausgeholt hat, sie es geschafft hat, ihn zu verlassen und anzuzeigen. Seit ein paar Monaten bei Hanks in Behandlung. Hier steht natürlich nicht, weshalb, aber ich tippe auf Suizidgefahr.»

«Mhm», brummt Howard. «Wie soll man auch damit klarkommen, wenn über Jahre erduldet, dass man von seinem geliebten Partner misshandelt wird?»

Kathlyn schweigt. Howard blickt kurz zu ihr. Sie sieht nachdenklich auf das Armaturenbrett.

«Was ist?» Howard verschweigt, dass er versucht hat, ihre Akte einzusehen und daran gescheitert ist. Die Akte ist gesperrt, was außergewöhnlich ist. Aber vielleicht fasst sie durch seine Geschichte so viel Vertrauen, dass sie auch über sich sprechen möchte.

«Nichts. Ja, ich glaube, das kann man nicht verstehen. Man kann nur Verständnis aufbringen und den Frauen helfen, ihre Vergangenheit zu akzeptieren, dabei aber nach vorne zu sehen.»

«Hattest du früher oft mit solchen Frauen zu tun?»

Aus den Augenwinkeln kann er erkennen, dass sie nickt.

«Erzähl mir von dir», bittet er sie. Er muss sich

ablenken. Ablenken von dem Gedanken an seine Frau, die er noch immer im Herzen trägt. Und doch fühlt er sich bereit für etwas Neues. Laura würde ihm alles Glück der Welt wünschen, da ist sich Howard sicher.

Sie lacht leise. «Mein Leben ist nicht so spannend.» Irgendwie klingt das nach einer maßlosen Untertreibung.

«Das glaube ich nicht. Ich finde dich spannend und ich möchte mehr von dir erfahren.»

«Was möchtest du wissen?» Howard hält an einer roten Ampel und sieht zu ihr, versinkt in ihrem Anblick,. Sie ist so zart, er möchte sie einfach nur im Arm halten, ihre Wärme spüren.

«Wie bist du aufgewachsen? Wolltest du schon immer Psychiaterin werden?»

«Wie ich aufgewachsen bin, fragst du?», murmelt sie. «Ganz normal, schätze ich. Mit meiner Mom und meinem Dad, im Süden Washingtons. Er war angesehener Kinderarzt im Country Hospital. Mom war Krankenschwester, hängte den Job aber an den Nagel, als ich kam.» Howard hängt an ihren Lippen. Kathlyn trägt kaum Make-up, die Lippen sind dennoch immer rosig. «Du solltest fahren, Howard.» Sie deutet zur Ampel, die gerade auf grün gesprungen ist.

«Und weiter? Wolltest du wegen deinem Dad Psychiaterin werden?» Sie schweigt. Howard fädelt sich hinter einem Caddy ein und sieht dann zu ihr. Ihre Augen glänzen feucht, so als würde sie gleich weinen.

«Wir sind jedes Jahr nach Mexico gefahren und haben dort unseren Sommerurlaub verbracht. Eines Tages brachte ich ein kleines Kätzchen mit nach Hause. Sie war verletzt und Dad hat mir nicht erlaubt, sie zu behalten, aber ich bin mit ihr zum Tierarzt, den ich von meinem Taschengeld bezahlt habe und habe sie zu Hause gesund gepflegt. Dann hat Dad es herausgefunden. Dass ich das Kätzchen behalten habe. Er war so sauer auf mich. Ich habe ihn noch nie so wütend erlebt. Und das alles nur wegen eines Kätzchens ...» Sie sieht so aus, als würde sie jeden Moment in Tränen ausbrechen.

«Es tut mir leid. Ich wollte dir nicht zu Nahe treten.»

«Nein, schon okay. Mom starb, da war ich vierzehn. Ich hätte sie wirklich gut gebrauchen können. Ich war ... es war ... nun ja, ich war halt ein Teenager. Mit allem überfordert.» Sie weicht aus.

Howard bohrt nicht weiter. Er spürt, dass da noch mehr ist. Er will unbedingt herausfinden, was sie so sehr bedrückt. Was sich hinter den Mauern verbirgt.

«Wir sind gleich da. Noch zwei Blocks.»

«Damit ich das richtig verstehe. Du willst Sally Winston wegen David befragen?»

«Und mehr über Hanks erfahren. Er verschweigt uns etwas. Vielleicht sind die Patienten eher bereit, über ihre Erfahrungen zu sprechen.»

«Was könnte dieser David mit der ganzen Sache zu tun haben?»

«Das weiß ich im Moment noch nicht. Er ist nur eine kleine Spur. Ob sie uns irgendwohin führt, müssen wir herausfinden. Aber wenn etwas klar ist, dann, dass uns momentan alles was wir haben zu Hanks Praxis führt. Irgendetwas ist dort vorgefallen, weshalb jemand ihm schaden will. Wenn wir das herausfinden, finden wir auch den Mörder von Samantha Gaynor und Isabelle Baker.»

«Und vielleicht deinen alten Freund», sagt sie leise.

«Ja und den. Der Jackpot wäre in der Tat, wenn mein

alter Freund der Täter wäre.»

«Aber er hat auf jeden Fall etwas damit zu tun, Howard.»

Howard hält vor einem großzügigen Apartmenthaus, in dem Sally Winston wohnen soll.

«Wir sind da.»

«Lass mich mit ihr reden», bittet Kathlyn.

«Gerne.»

«Sie wird vermutlich zu Männern ein angespanntes Verhältnis haben», fügt sie erklärend hinzu.

«Schon klar.» Howard greift zu ihr rüber und berührt ihre Hand. Sie lächelt, atmet tief ein und aus und steigt aus dem Auto.

Das Apartment von Sally Winston liegt im dritten Stock des L-förmigen Gebäudes. Sie erreichen ihre Wohnung über die Außentreppe. Zehn Apartments pro Stockwerk, zählt Howard, als sie nach oben gehen. Als sie vor der Tür stehenbleiben und anklopfen, hören sie von innen etwas zu Bruch gehen. Wenige Augenblicke später wird die Tür einen Spalt geöffnet und eine schmächtige Frau lugt ängstlich über der Kette zu ihnen hervor. Ihre Augen sind aufgerissen und auf den Wangen sind gerötet, so als wäre sie nervös.

«Miss Winston?»

«Ja», bringt sie schwach hervor.

«Wir sind vom FBI. Special Agent Howard Caspar und Special Agent Kathlyn Turner.» Er zeigt seine Marke vor, die sie gründlich studiert. Ihr Blick huscht zwischen ihnen beiden hin und her.

«Das FBI? Wie kann ich Ihnen denn helfen?»

«Wir sind hier, weil wir Morde an zwei Frauen

untersuchen. Eine der Opfer war mit Ihnen in derselben Therapiegruppe bei Doktor Thomas Hanks. Dürfen wir Ihnen ein paar Fragen stellen?» Kathlyn hat sich vorgedrängt und schiebt Howard nach hinten.

Sally schlägt die Hand vor den Mund. «Mord? Um Gottes willen. Wer denn?»

«Isabelle Baker.»

Sally wird blass, hält sich die Hand auf ihr Brustbein und reibt hektisch darüber. Schließlich löst sie die Kette an der Tür und öffnet sie.

«Kommen Sie herein.» Möglichst unauffällig sieht sich Howard um. Die Wohnung ist klein, besteht aus einem Wohnzimmer mit angeschlossener kleiner Kitchenette und einer Tür, die vermutlich in ein Schlafzimmer führt. Es ist alles sehr sauber. Zwar wirken die Möbel alt und viel benutzt aber dennoch gepflegt. Sally hält offensichtlich nichts von Dekoration, denn Howard kann nirgends Blumen oder Kerzen sehen. Es ist zweckmäßig eingerichtet. Fast schon zu spartanisch für eine Frau. Sally bittet sie, sich zu setzen. Howard bleibt im Hintergrund, während Kathlyn sich näher an Sally platziert.

Da Sally schweigt, beginnt Kathlyn das Gespräch. «Kannten Sie Isabelle gut?»

Sally hebt die Schultern. «Nein. Nicht wirklich. Wir kennen uns alle nicht. Also die anderen Teilnehmer meine ich. Wir haben auch noch nie etwas zusammen unternommen oder sowas.» Sie sieht etwas wehmütig aus. «Isabelle war nett. Naja, am Anfang war sie nicht so nett, aber bei unserem letzten Treffen hat sie mir geholfen.»

«Was hat sie getan?», fragt Kathlyn sanft.

«Doktor Hanks hat der Gruppe eine Frage gestellt

und mich als erste drangenommen. Aber Isabelle hat sofort erzählt. Das fand ich sehr nett. So als hätte sie gemerkt, dass ich nicht so gerne etwas sagen wollte.»

«Sie hat Ihnen also aus der Patsche geholfen», stellt Kathlyn fest. Sally zupft an ihrer Unterlippe und sieht immer wieder zu Howard, so als hätte sie es gar nicht gerne, dass ein Mann auf einem ihrer Stühle sitzt. Er tut so, als würde er Nachrichten auf seinem Handy lesen.

«Ja. Und auch Doktor Hanks hat mir geholfen.»

«Inwiefern?»

«Ich wollte die Therapie nicht mehr besuchen. Wissen Sie, der Kurs wurde angeordnet, weil ich stark ... naja ... ich hänge nicht mehr so am Leben. Er hat mich aufgemuntert. Außerhalb der Sprechzeiten und mit mir ganz alleine. Das fand ich sehr freundlich von ihm.»

Kathlyn nickt zustimmend.

«Hat Isabelle gelitten?», fragt Sally plötzlich. Kathlyn denkt an die Fotos, auf denen man den verstümmelten Körper gesehen hat. Sie schüttelt langsam den Kopf. «Nein, ich denke es ging ganz schnell.»

«Warum sollte sie jemand ermorden?» Sally quietscht erschreckt. «Glauben Sie, jemand will die Patienten von Doktor Hanks töten?»

«Ich denke, Sie haben nichts zu befürchten, Miss Winston. Doktor Hanks erwähnte einen weiteren Patienten. David Smith. Können Sie sich an ihn erinnern?»

Sallys Augen weiten sich und dann verzieht sie den Mund. «Ja, an den erinnere ich mich sehr gut.» Mit den Fingernägeln zupft sie ein Stück vertrocknete Haut von der Lippe. Etwas Blut tritt aus der Wunde. Sie leckt es ab.

«Warum? Erzählen Sie mir von ihm.»

«Er ist einer der Menschen, die man auf den ersten Blick unheimlich findet, verstehen Sie? Er hat so durchdringende Augen. Sie erinnern mich ein bisschen an einen Vogel, weil sie ab und zu so schnell hin und her springen. Ich mag seine ganze Art nicht.» Nervös rutscht Sally auf dem Stuhl hin und her. «Er hat nie etwas gesagt, den Doktor immer ganz genau beobachtet. Er war echt unangenehm.»

«Können Sie sich erinnern, wie er sich Isabelle gegenüber verhalten hat?»

Sally denkt nach, dabei zupft sie ein weiteres Stück Haut von ihrer Lippe und leckt hektisch darüber.

«Nein, ich kann mich nicht erinnern. Vielleicht, weil ich etwas Angst vor ihm hatte.»

«Und dann kam er nicht mehr?»

«Nein, schon seit einigen Sitzungen nicht mehr. Ich weiß aber nicht genau seit wann. Hören Sie, ich will keinen Ärger bekommen.»

«Ärger? Wie kommen Sie darauf?»

«Nicht, dass ich die nächste bin.»

«Ich denke, da müssen Sie sich keine Sorgen machen. Können Sie uns denn mehr erzählen?»

«Ich habe ihn gesehen, als er nach Therapieschluss weggefahren ist.»

Kathlyn atmet schneller. «Sie haben seinen Wagen gesehen?»

Sally zögert. «Ja.»

Kathlyn muss sich Mühe geben, die Frau nicht zu verschrecken. Geduldig wartet sie ab, bis Sally wieder anfängt zu sprechen.

«Es war einer dieser Transporter, so ein kleiner

Lieferwagen. Da stand was drauf, aber ich kann mich nicht mehr erinnern, was.»

Howard wischt enttäuscht über das dunkle Display seines Smartphones.

«Sie wissen wirklich nicht, was drauf stand?»

«Nein, tut mir leid.»

Kathlyn lächelt. «Damit haben Sie uns schon sehr geholfen.»

Ja, Kathlyn. Es gibt ja nur bestimmt zweitausend solcher Kleinlaster in Washington, denkt Howard.

«Haben Sie eine Telefonnummer für uns, falls wir noch Fragen haben, Miss Winston?»

«Ich habe kein Telefon», murmelt sie. Kathlyn hebt erstaunt eine Augenbraue und greift nach Sallys Hand.

«Vielen Dank. Wir lassen einfach eine von unseren Karten hier. Dann können Sie uns über ein anderes Telefon anrufen, falls Ihnen noch etwas einfällt.»

«Doktor Hanks», sagt sie ängstlich. «Seine Therapiestunde nächste Woche wird doch stattfinden, oder?»

«Das kann ich Ihnen nicht sagen. Am besten melden Sie sich dort im Zentrum. Vielleicht gibt es eine Vertretung.»

Sally sieht ängstlich aus. «Wieso? Ist er verhaftet worden?»

«Er steht uns momentan für die weiteren Ermittlungen zur Verfügung», weicht Kathlyn aus. Raffiniert, denkt Howard.

Kathlyn steht auf. «Vielen Dank, Miss Winston.»

«Ich konnte Ihnen doch gar nicht helfen.»

«Der Versuch reicht aus.»

«Versuchen geht nicht. Versuchen Sie mal von einem Stuhl aufzustehen. Sehen Sie? Sie müssen es tun.»

«Hat Doktor Hanks das gesagt?», fragt Kathlyn leicht amüsiert.

«Ja», murmelt Sally etwas traurig. «Ich hoffe, er kann uns bald wieder behandeln.»

«Ganz bestimmt.» Kathlyn drückt die Hand und dreht sich zu Howard.

«Danke, Miss Winston», sagt er, woraufhin sie zusammenzuckt.

Auf dem Weg zum Wagen ist Howard in Gedanken versunken. Sie hatten eigentlich nichts rausbekommen. Scheinbar bestand die Therapie darin, sich einfach nur zu unterhalten. Also macht Hanks doch einen Unterschied zu seinen zahlenden Patienten. Irgendwie macht ihn das traurig. Diese zwei Klassen Gesellschaft.

«Ich habe jetzt ziemlich Hunger», sagt Kathlyn, nachdem sie ins Auto eingestiegen sind.

«Du hast deine Sache echt gut gemacht.»

«Danke sehr und um ehrlich zu sein, erinnern mich diese Befragungen an meine Stunden mit meinen Patienten damals. Auch da muss man aus den Menschen Informationen bekommen, um die richtige Behandlung für sie durchzuführen.»

«Wie auch immer. Du hast das gut gemacht.»

Kathlyn wird rot. «Danke.»

«Nächster Halt: Italiener.»

29

Diese kleine Fotze. Wie kann sie es wagen, versuchen zu wollen, mich zu therapieren. Mein Hass steigt ins Unermessliche, aber ich muss einen klaren Kopf behalten. Im ersten Stadium geht es nicht um physische Gewalt. Einzig und allein der Wille ist ausschlaggebend. Er muss gebrochen werden. Aber ich bin so wütend auf die kleine Schlampe. Sie meint, sie wäre schlau. Dabei hat sie nicht mehr im Kopf als ein Stück Brot. Sie ist auf den ältesten Trick reingefallen, seit es das Internet gibt. Ich bin ihr überlegen. Ich habe die Macht, sie zu brechen. Ihr das anzutun, was ihr Daddy mir angetan hat. Und dann wird ihr beschissener Therapeutenvater selbst gebrochen sein, wenn ich mit ihr fertig bin. Ich balle die Hände zu Fäusten und gehe zu ihr zurück, setze mich auf den Boden und blicke ihr in die Augen. Sie sehen verheult und verquollen aus. Die Lippen zittern, Rotz läuft ihr aus der Nase.

«Wo habe ich denn meine Manieren? Biete meinem Gast nicht mal etwas zu trinken an.»

Dankbar sieht sie mich an und für einen Moment erinnere ich mich an die Zeit mit Fay zurück.

«Möchtest du etwas Wasser?»

«Ja», krächzt sie.

«Ich habe eine Flasche mitgebracht, denn du wirst viel Durst haben.» Ich schraube den Deckel ab, halte den Flaschenhals an ihren Mund und neige die Flasche etwas. Sie trinkt gierig, verschluckt sich ein paar Mal und trinkt wieder. Wasser läuft ihr aus den

Mundwinkeln.

«Das muss reichen. Sonst bekommst du Bauchschmerzen.»

«Danke», sagt sie leise. Ich schraube die Flasche zu und stelle sie neben mich, bleibe neben ihr sitzen. Sanft streiche ich durch ihr Haar. Sie zuckt nicht zurück.

«Was hast du vor, David? Dein Name ist doch David, oder?»

«Nein. Mein Name ist nicht David, wie du richtig erkannt hast. Warum möchtest du das wissen? Denkst du, du kannst dich darauf vorbereiten?» Meine Finger entwirren einen Knoten in ihrem Haar.

«Ich weiß gerne, mit wem ich es zu tun habe», sagt sie. «Wer bist du?»

«Ist das nicht auch völlig irrelevant? Ich könnte jetzt behaupten, mein Name wäre Peter, und es würde dich kein Stück weiterbringen.»

Sie schweigt. Wenn sie meint, sie könnte Spielchen mit mir treiben, hat sie sich geschnitten. Es wird genau andersrum laufen.

«Also schön … Peter …» Sie lächelt, obwohl sie keinen Grund hat, zu lächeln. Ich stelle plötzlich fest, dass ich beginne sie und ihren Mut zu respektieren.

«Wie willst du mich eigentlich überwachen, wenn du einschläfst?»

«Es gibt Medikamente», sage ich knapp.

«Hast du mir auch welche gegeben?»

«Merkst du schon etwas?» Ich liebe es, sie im Ungewissen zu lassen. Ich habe die komplette Macht über sie. Sie hat keine Chance. Und das beste ist: Niemand weiß, wo sie ist.

«Ich fühle mich müde.»

Ich lächele. «Das ist schön. Dann können wir ja langsam anfangen.»
«Womit?» Ihre Stimme zittert wieder.
«Mit dem ersten Stadium.»

30

Sie fahren gerade auf den Parkplatz seines Lieblingsitalieners, als Howards Handy klingelt.

«Es ist Mom», sagt er entschuldigend.

«Geh ran.»

«Dauert nicht lange.» Howard nimmt das Gespräch an. «Mom? Alles in Ordnung?»

«Du wolltest mich am Sonntag anrufen, ob du zum Essen kommst», beginnt sie vorwurfsvoll das Gespräch. «Ist alles okay bei dir?»

«Oh Mann, das hab ich total vergessen.»

«Oh Mann, mhm.»

«Sorry, Mom. Ich hab nur so viel zu tun in letzter Zeit.» Das war gelogen. Er hat sie schlicht und ergreifend vergessen.

«Ein neuer Fall?»

Howard bedeutet Kathlyn schon mal auszusteigen und folgt ihr nach draußen. «Ja.»

«Wie wäre es dann mit diesem Sonntag?»

Howard verdreht die Augen. «Sag zu», flüstert Kathlyn, die seine Mutter schwer überhören kann. Am Handy spricht sie immer immer extralaut, weil sie meint, dass Handys immer noch so eine schwache Verbindung haben wie früher.

«Wer war das? Etwa eine Freundin? Oh Howard. Warum hast du nichts von ihr erzählt?» Howard sieht Kathlyn strafend an, die unter seinem Blick wieder rot wird.

«Bringst du sie am Sonntag mit?»

«Moooom, vielleicht will sie nicht.»

Kathlyn verschränkt provokant die Arme vor der Brust und ruft in Richtung Telefon: «Ich würde sehr gerne kommen, Ma'am.»

Seine Mutter stößt einen Freudenschrei aus. «Prima. Dann haben wir ja ein Date. Ich hoffe deine Freundin mag Braten mit Süßkartoffeln und Maisbrot.»

«Ganz bestimmt.»

«Dann sehen wir uns Sonntag. Und Darling. Ich freue mich für dich.» Den Rest flüstert sie und legt auf.

Howard steckt das Telefon in seine Jackentasche. «Großartig.»

«Was denn? Schämst du dich für mich?»

«Ganz bestimmt nicht. Aber Mom kann ganz schön anstrengend sein.»

«Sie scheint dich sehr zu lieben. Das ist doch schön.»

«Ich liebe sie auch, aber wie gesagt, sie ist anstrengend.»

«Sind das ältere Leute nicht immer?» Während sie sich unterhalten, gehen sie auf das Restaurant zu.

«Bestimmt sind sie das.»

«Und dein Dad? Ist er ...»

«Nein. Er ist quicklebendig. Du wirst ihn auch kennenlernen.»

«Ich freue mich darauf», sagt sie, macht einen kleinen Knicks und geht durch die Tür, die Howard ihr aufhält.

«Sag das nicht zu früh», warnt er sie lachend.

«Ich finde es schön, deine Eltern kennenzulernen.»

Howard hat plötzlich ein schlechtes Gewissen. Ein solches Familientreffen ist bestimmt nicht leicht für jemanden, dessen Eltern früh gestorben sind.

«Hast du gar keine Verwandten mehr?», will er von ihr wissen.

Kathlyn schüttelt traurig den Kopf. «Nein.» Ein Schatten huscht über ihr Gesicht und die Züge verhärten sich. Bevor Howard etwas erwidern kann, kommt ein Kellner auf sie zu.

«Ah, Signore Caspar. Schön, dass Sie hier sind.» Der Kellner mustert Kathlyn interessiert, so dass Howard sich das Grinsen nicht verdrücken kann.

«Fabrizio, das ist Agent Turner, meine neue Kollegin. Kathlyn, Fabrizio. Der beste italienische Kellner im besten italienischen Restaurant Washingtons.»

Kathlyn lächelt. «Wow. Bekommst du für deine Übertreibungen Rabatt?» Sie zwinkert Fabrizio zu, der sie anstrahlt.

«Eine wunderhübsche Kollegin, Signore.» Howard weiß, dass Fabrizio in Amerika geboren ist. Dennoch spricht er mit einem aufgesetzten italienischen Akzent. Vermutlich wollen die Gäste das so. Fabrizios Großeltern haben das Restaurant eröffnet und er arbeitet neben seinem Studium als Kellner. Wenn Howard herkommt, ist es fast so, als würde er bei einer Familienfeier eingeladen sein. Fabrizios Mutter leitet das Restaurant und lässt es sich nicht nehmen, jedem Gast zum Nachtisch ihre legendäre selbstgemachte Tiramisu anzubieten.

«Kommen Sie, Signore, Signora. Ich habe den besten Platz für Sie reserviert.» Howard und Kathlyn folgen ihm in eine kuschelige Ecke an einen Tisch mit rotkarierter Tischdecke und einer Kerze in einer kugelförmigen Weinflasche darauf. Das Licht ist gedämpft und die Gerüche aus der Küche wehen zu ihnen. Kathlyn wirkt beeindruckt und scheint sich sofort wohlzufühlen.

«Was darf ich Ihnen zu trinken bringen?»

«Den guten Rotwein vom letzten Mal», antwortet Howard und blickt Kathlyn fragend an, die zustimmend nickt.

«Excellente.» Fabrizio dreht sich um und geht zu der länglichen Bar am Ende des Restaurants, das gut besucht ist.

«Du bist also öfter hier?», fragt Kathlyn und macht es sich auf dem Stuhl bequem.

«So oft nicht. Fabrizio versteht es einfach, einem das Gefühl zu geben, man ist willkommen. Sehr familiär, deshalb gehe ich so gerne hier her.»

«Alleine?»

«Eifersüchtig?»

«Ich? Niemals.»

«Meistens gehen Rick und ich zusammen her», erklärt Howard und sieht ihr tief in die Augen.

«Meistens?», haucht sie.

«Wenn du fragen willst, ob ich jemals mit einer Frau hier war. Nein, war ich nicht. Nach Lauras Tod hatte ich keine nennenswerten Bekanntschaften.»

«Oh», macht sie.

«Du bist keine Bekanntschaft, Kathlyn.»

«Weil ich deine Kollegin bin, schon klar.»

Er lächelt. Ihr liegt etwas an ihm.

«Nein, nicht deshalb. Du bist nicht nur eine Kollegin für mich.» Howard nimmt ihre Hand in seine. «Ich möchte dich näher kennenlernen. Seit wir uns zum ersten Mal im Fahrstuhl begegnet sind, gehst du mir nicht mehr aus dem Kopf. Du bist so zerbrechlich, aber gleichzeitig eine unglaubliche Kämpferin. Das habe ich gesehen, als du damals mit Darkins gesprochen hast.»

Sie erstarrt für einen Moment, dann lächelt sie. «Erwähne bloß diesen Namen nicht mehr.» Darkins hat Kathlyn im Verhör ziemlich in die Zange genommen. Der Fall, an dem sie zusammen gearbeitet haben, hat sie beide Nerven gekostet und sie ist über sich selbst hinaus gewachsen. Zunächst war Kathlyn in sein Team gekommen, weil er sie angefordert hat, da sie für die Betreuung der Kinder aus den Missing Twins Fällen zuständig war. Doch nach dem Fall hat sie sich dazu entschieden, in sein Team zu wechseln. Er hat nämlich die ganze Zeit, in der sie in Quantico war, an sie denken müssen.

Fabrizio kommt mit dem Wein, schenkt einen kleinen Schluck in Howards Glas und lässt ihn probieren.

«Mhm, ja, der ist gut. Danke.» Fabrizio strahlt, schenkt ihnen beiden ein und legt ihnen eine Karte auf den Tisch.

«Gibt es heute ein Spezial?»

«Si, Signore. Rindercarpaccio, danach eine Tomatencremesuppe, etwas frische Pasta und zum Hauptgericht Kalbsfleisch mit Ingwerzitronensauce und Frühlingskartoffeln.»

Howards Magen knurrt.

«So viel?»

«Scusi, Signora, wir Italiener lieben es, zu essen.» Fabrizio hebt die Schultern.

«Die Portionen sind nicht sehr groß, Kathlyn.»

«Was ist nur aus der guten alten Lasagne geworden?», fragt sie seufzend.

«Haben wir auch. Macht mein Papa höchstpersönlich. Beste Lasagne weit und breit.»

«Dann nehme ich die Lasagne und probiere bei

Howard.»

«Buono.» Fabrizio nimmt die Speisekarten und verlässt ihren Tisch wieder.

«Es ist schön, wenn man für einen Moment seine Sorgen vergessen kann», sagt sie und lehnt sich entspannt zurück.

«Ja. Normalerweise nehme ich sie in den Feierabend mit hinein, träume nachts davon und beginne am nächsten Morgen von vorne.»

«Dein alter Freund», bemerkt sie und sieht ihn kummervoll an.

«Ja, der auch. Mal wieder. Ich dachte, er wäre abgehauen, würde nie mehr auftauchen und ich hätte niemals die Möglichkeit, ihn festzunehmen. Jetzt ist er wieder da und ich frage mich, warum.»

«Wir wollten die Sorgen vergessen», erinnert sie ihn lächelnd und nimmt seine Hand in ihre. «Aber ich verstehe dich. Du willst mit der Vergangenheit abschließen, etwas Neues beginnen und kannst es nicht, weil die Toten nicht ruhen.»

Howard wird traurig. Ganz besonders, wenn er an die vielen Kinder denkt, die sie damals gefunden haben. Sie hatten nie eine Chance, nie jemanden, der sie wirklich geliebt hat, ihnen zum Einschlafen eine Geschichte vorgelesen und sie zugedeckt hat. Und Laura ... Dieser Mistkerl hat ihn verletzen wollen. Ihm alles genommen, was ihm jemals wichtig gewesen war. Seine Frau und sein ungeborenes Kind.

«Jeder macht irgendwann einen Fehler, Howard. Auch er. Du wirst ihn kriegen. Vielleicht ist Hanks wirklich der Schlüssel zu allem?»

«Denkst du, dass er mit meinem alten Freund zusammenarbeitet? Vielleicht ein Kunde von damals und er war enttäuscht, weil seine Quelle für das Ausleben seiner Perversität versiegt ist.»

«Schon möglich. Es gibt viele Menschen, die unentdeckt bleiben. Es gibt genügend Ehemänner, Väter, die sich ihre Wünsche nicht mit den eigenen Kindern erfüllen wollen.» Sie schlägt die Augen nieder.

«Ist dir das passiert?», fragt Howard leise.

«Ich ... nein. Nein, das ist mir nicht passiert», weicht sie aus. «Ich habe genügend Kinder behandelt, die missbraucht wurden. Onkel, Freunde der Familie, die Nichten oder Neffen misshandelt haben. Über Jahre. Selbst Familienväter, die überaus engagiert waren, sozial kompetent. Die aber ein Geheimnis in sich trugen.» Kathlyn zieht ihre Hand weg, greift nach dem Weinglas und trinkt einen großen Schluck. In ihren Augen glänzen Tränen.

«Es tut mir leid. Ich wollte nicht ...»

«Schon gut. Ich habe so viel gesehen, so viel gehört. Weißt du, Howard, ich hatte nie die Chance, die Kinder zu retten, denn sie waren zu dem Zeitpunkt schon verloren. Sie werden das, was ihnen passiert ist, nie wieder vergessen, das ist schlimm genug. Ja, ich habe dazu beigetragen, dass es ihnen besser ging, sie ein hoffentlich normales Leben führen können, aber was wirklich schrecklich war, ist die Tatsache, dass ich nie die Verursacher ausschalten konnte. Die Möglichkeit ist mir jetzt gegeben. Und ich werde jede Chance nutzen, auch wenn es die Seelen der Opfer nicht zurückbringen kann.»

Sie hat die gleichen Beweggründe wie er und Rick und er fühlt sich noch mehr zu ihr hingezogen, als er es ohnehin schon die ganze Zeit getan hat.

Das Essen kommt und sie versuchen möglichst, alle

Themen zu vermeiden, die mit der Arbeit zu tun haben. Während sie sich die verschiedenen Gänge schmecken lassen, reden sie von der Highschool,über ihre Hobbies bis hin zu Länder, in die sie gerne reisen würden.

«Du willst tatsächlich auch mal auf das Dach der Welt?», fragt sie erstaunt und schiebt sich einen Löffel Tiramisu in den Mund.

«Eine Zeitlang habe ich sogar dafür trainiert, aber dann ist mir der Job immer wieder dazwischen gekommen und ich hatte keine Zeit mehr. Aber ja. Ich würde gerne meine Grenzen kennenlernen und mich auf eine ursprüngliche Art besser verstehen.»

Kathlyn legt den Löffel zur Seite und lehnt sich in ihrem Stuhl zurück. «Ich kann nicht mehr. Ich platze gleich, wenn ich noch einen Löffel essen muss.»

«Lass uns gehen», sagt er leise.

«Zu mir oder zu dir?», fragt sie und leckt sich über die Lippen. Howard greift über den Tisch und wischt ihr etwas Kakaopuder von der Oberlippe.

«Ist es weit zu dir?», fragt er leise und streichelt mit dem Daumen über ihre Wange.

«Vier Blocks.»

«Dann zu dir.»

«Ich gehe mich kurz frischmachen, dann können wir los.»

Während Kathlyn auf der Toilette ist, begleicht Howard die Rechnung und nimmt noch eine Flasche Rotwein mit.

«Ich wünsche Ihnen einen schönen Abend, Mister Caspar», sagt Fabrizio mit einem Zwinkern in den Augen. Howard lächelt, verabschiedet sich von der Besitzerin, die er nur als «Mamma» kennt und wartet draußen auf dem Parkplatz auf Kathlyn.

Als sie mit wiegenden Hüften auf ihn zukommt, schnürt sich seine Kehle zusammen. Sie ist so unglaublich sexy in der schwarzen Hose und dem farblich passenden Jackett. Die weiblichen Rundungen füllen jeden Millimeter aus und er kann es nicht erwarten, ihre Haut auf seiner zu spüren. Verlegen streicht sich Kathlyn durch den kurzen Pony. Ihre Wangen sind gerötet, als sie ihm näher kommt.

«Du siehst mich an, als würdest du mich essen wollen», flüstert sie.

«Essen vielleicht nicht unbedingt.» Howard grinst, zieht sie näher und beugt sich zu ihr runter, da sie mindestens einen Kopf kleiner ist als er. Mit der einen Hand fährt er ihr durch die Haare, die andere lässt er auf ihrer Hüfte liegen. Schließlich berührt er mit seinen Lippen ihre und kann den schweren Rotwein schmecken. Sie reagiert sofort, erwidert die sanfte Liebkosung, drängt sich an ihn und streichelt mit ihren Fingern durch sein Haar.

«Gott, ich würde dich am liebsten jetzt direkt ...»

«Das wäre Erregung öffentlichen Ärgernisses und das können wir im Moment nicht gebrauchen», sagt sie atemlos. «Komm, lass uns zu mir fahren.»

Howard kann sich kaum bewegen, so stark hat sie ihn erregt. Nur mit Mühe schafft er es, in den Wagen zu steigen, in dem er zu gern weiter über sie hergefallen wäre.

Aber sie warten, bis sie bei ihr ankommen. Sie wohnt in einem Zweizimmer Apartment in einem gut überschaubaren Komplex mit zehn Wohneinheiten. Er sieht allerdings nur auf ihren runden Po. Sie öffnet die Wohnungstür, schaltet das Licht an und er schließt die

Tür mit seiner Fußspitze und geht auf sie zu. Howard fühlt sich plötzlich nervös, als hätte ihn sein Selbstbewusstsein verlassen. So lange ist es her, dass er zuletzt mit einer Frau zusammen war. Jetzt steht Kathlyn vor ihm und ist so zerbrechlich.

«Was hältst du davon, wenn ich uns die Flasche öffne?», fragt er Kathlyn. Sie sieht genauso nervös aus wie er. Dann gibt sie ihm einen Flaschenöffner, holt zwei Gläser aus einem der Küchenschränke und sie setzen sich gemeinsam auf die Couch. Howard nimmt einen großen Schluck und stellt sein Glas ab. Liebevoll streicht er ihr eine Strähne aus der Stirn. Kathlyn öffnet ihre Lippen leicht und kommt mit ihrem Gesicht näher. Sie küssen sich leidenschaftlich und Howard merkt, wie es wieder eng in seiner Hose wird.

«Du bist so schön», flüstert er, während sich Kathlyn an ihn schmiegt und seine Brust streichelt. Seine Hand wandert ihren Rücken entlang zum Hosenbund. Dort schiebt er seine Finger hinter ihre Bluse, spürt ihre weiche Haut. Sie stöhnt leise auf, als er wieder ihren Bauch streichelt. Ihre Küsse werden fordernder und sie ihm, was er verlangt. Langsam ziehen sie sich aus und liebkosen ihre Körper. Irgendwann holt er ein Kondom aus seiner Tasche. Geschickt streift Kathlyn ihm es über, was ihn fast zum Platzen bringt. Er bäumt sich auf, drückt sie aufs Sofa und legt sich auf sie. Mit einem Seufzer nimmt sie ihn sich auf.

Sie liegen noch eine Weile zusammen. Keiner sagt ein Wort, so als bräuchten sie die Ruhe, die Nähe zueinander. Dann küsst Howard sie zärtlich, zieht sich aus ihr und geht ins Badezimmer, um das Kondom zu entsorgen. Mit einem Handtuch um die Hüften geschlungen kehrt er ins Wohnzimmer zurück. Sie liegt noch immer so auf der Couch, wie er sie verlassen hat.

Dann klingelt sein Telefon.

«Geh ran, Howard», sagt sie mit einem Lächeln auf den Lippen.

Knurrend nimmt er das Handy aus der Jackettasche.

«Rick. Tolles Gespür für Timing.»

Kathlyn lächelt glückselig. «Es ist bestimmt wichtig.»

«Rick kann das gut», sagt er und nimmt das Gespräch entgegen.

«Du solltest kommen, Howard.»

«Was ist?», fragt er alarmiert.

«Hanks flippt völlig aus. Er will sofort mit seiner Tochter sprechen.»

«Dann gebt ihm etwas zur Beruhigung oder vertröstet ihn auf morgen. Es ist kurz vor Mitternacht.»

«Er hat versucht, sie zu erreichen, aber ihr Telefon ist ausgeschaltet.»

Howard streichelt über Kathlyns Oberschenkel.

«Kommt vor bei jungen Studentinnen. Vielleicht ist sie auf einer Party. Oder schläft schon. Mensch, Rick, was ist denn los?»

«Ich frage mich gerade, was mit dir los ist? Hallo? Hanks meint, er würde uns alles sagen, wenn wir nur seine Tochter ausfindig machen. Nun ist es aber so, dass sie verschwunden ist. Im Wohnheim ist sie auch nicht. Soll ich dir sagen, was uns ihre Mitbewohnerin gesagt hat?»

Howard fährt dem Zeigefinger über Kathlyns Schamhügel.

«Mhm?»

«Dass sie sich mit einem David trifft. In Washington.»

31

Viktorias Kopf brummt, so als würden dort hunderte Bienen gefangen gehalten werden. Ihre Muskeln werden träge, die Augen klappen immer wieder zu, aber er ... wie auch immer er wirklich heißt, hält sie wach. Kneift sie, schüttet ihr Wasser ins Gesicht, spricht mit ihr, schreit sie an. Er muss ihr etwas in die Flasche gemischt haben. Viktoria kann sich nicht erinnern, jemals so müde gewesen zu sein. Sie will einfach nur schlafen. Wenn sie könnte, würde sie ihn schlagen, aber so hat sie keinerlei Möglichkeiten, sich gegen ihn zu wehren.

Meinte er das mit dem ersten Stadium? Fängt es jetzt erst an oder ist er mitten drin?

Er kommt ihr näher. Sein Gesicht wackelt vor ihren Augen, sie sieht ihn doppelt. Dann verschmilzt seine linke Gesichtshälfte mit der Nasen und Kinnpartie und sein Lächeln sieht jetzt aus wie das eines Monsters aus einem Horrorfilm. Er hat nur noch ein Auge, das so groß ist, wie eine Untertasse. Riesig und dunkel, wie ein Abgrund.

«Es wirkt schon.»

«Wwwaaas?», sagt sie schleppend, versucht sich am Riemen zu reißen, wieder klar zu sehen. Doch wenn sie die Augen schließen will, reißt er sie mit Daumen und Zeigefinger wieder auf.

«Du bist in der Zwischenwelt. Dort, wo alles Grauenhafte wohnt, was sonst verborgen ist, und du der Wahrheit ins Gesicht sehen kannst.»

«Dduuuu biiiist waaaaahnsinnig.» Dieser Satz kostete

sie eine unendliche Anstrengung. Hitze überzieht ihre Haut, ihr ist nicht mehr kalt, sondern wohlig warm. Normalerweise friert sie, wenn sie müde ist. Er muss ihr Medikamente gegeben haben. Valium? Nein, da wäre sie vermutlich direkt weg vom Fenster. Und Rohipnol erst recht nicht. Etwas schwächeres, aber etwas, das sie völlig umhaut. Sie ist so müde. Will nur noch schlafen.

«Weißt du, wie es für einen Neunjährigen ist, sich in einem solchen Zustand zu befinden?» Er schlägt einen lockeren Plauderton an. Die Nase hat sich mittlerweile in den Mund verschoben. Nun ist sie von tausend Zähnen umgeben. «Ich hatte Angst. Solche Angst. Ich dachte, ich träume, ich dachte ich schlafe. Dann war da dieses Monster. Es kam mal schneller, mal langsamer auf mich zu. Manchmal konnte ich es riechen. Es hat mit mir gesprochen. Immer und immer wieder. Mir gesagt, es sei kein Monster. Aber er wäre auch nicht die gute Fee.» Das Monster ist weg. Viktoria kann es aber hören. Seine Schritte neben ihren Ohren. Dem einen, das auf den kalten Boden gepresst ist, weil sie den Kopf nicht bewegen kann.

«Lass dich gehen, Viktoria. Lass es zu, was mit dir passiert.» Sie hört ihn nur noch leise, so als würde er ganz weit weg sein. Dann spürt sie seine Hände auf dem Rücken, auf ihren Beinen und dazwischen. Er kneift sie, schlägt zu, der Schmerz ist kaum zu spüren, doch was sie spürt, lässt sie zusammenfahren. Vor Scham und Demütigung. Sie genießt die Schläge, die heiß auf ihrer Haut brennen. Seine kühlen Finger, die in sie fahren und sich in ihr bewegen und sie kühlen, liebkosen und gleichzeitig Schmerzen bereiten. Keuchend versucht sie, sich ihm entgegenzurecken, aber sie kann sich kaum bewegen, sie ist ihm ausgeliefert. Vielleicht ist das nur sein Spiel? Ein perverses Spiel. Vielleicht tut er ihr nicht weh? Sie erschauert unter seinen harten Fingern, die sich tief in sie graben und jeden Punkt stimulieren, den sie hat. Auch solche, von denen sie nie wusste, dass es sie gibt. Das Licht, das ihr die ganze Zeit ins Gesicht brennt, verschwimmt vor ihren Augen. Und sie fühlt ihn. Überall. Hinten und in ihrer Mitte. Tränen rinnen aus ihren Augen, sie beißt sich auf die Lippe, versucht, die Gefühle zu unterdrücken, die wogenden Muskeln in ihr zu ignorieren, das süße Gefühl in ihrem Unterleib nicht zu beachten. Es als das zu sehen, was es ist. Folter. Er will ihr wehtun. Er will keinen perversen Sex mit ihr. Er hätte sie ja nur fragen brauchen, ob sie bereit für solche Rollenspiele ist. Doch dann biegt er seinen Zeigefinger in ihr und sie beißt die Zähne zusammen und lässt sich von einem Orgasmus hinwegfegen, der sie gleichzeitig mit Scham erfüllt.

Eine gefühlte Sekunde kommt sein Gesicht wieder in ihr Blickfeld. Er lacht. Er lacht sie aus und sie versucht, ihn anzuspucken, aber der Rotz läuft ihr übers Kinn, spritzt an ihre Nase, vermischt sich mit den Tränen.

«Das war nur der Anfang. Der Anfang von dem, was ich erleiden musste. So hat dein Daddy angefangen. Das hat er mit mir gemacht. Und glaub mir, ich bin noch nicht fertig.»

32

«Oh scheiße!»

«Ah, du bist also wieder aufnahmefähig, ja?», sagt Rick sarkastisch und zieht geräuschvoll an seiner E-Zigarette.

«Hat die Mitbewohnerin gesagt, wo sie David treffen wollte?», fragt Howard hoffnungsvoll, klemmt das Telefon zwischen Schulter und Ohr und schlüpft hektisch in seine Hosen.

«In Washington am Flughafen.»

«Okay. Wir treffen uns in einer halben Stunde im Büro. Ich will sämtliche Videos vom Flughafen und besorg mir ein Bild von der Tochter.»

«Viktoria heißt sie. Viktoria Hanks. Sie ist um Vierzehneinundzwanzig gelandet. Die Bänder sind bereits angefordert. Bis du hier bist, haben wir alles.»

«Gut. Bis gleich.»

«Ich rufe Kathlyn an, um ihr Bescheid zu sagen, dass sie auch kommen soll. Wir brauchen sie vielleicht, um Hanks zu beruhigen.»

«Äh ... ja. Mach das.» Howard zwinkert Kathlyn zu, während er sich das Hemd zuknöpft. Er trennt die Verbindung und beugt sich zu Kathlyn, die ihn mit hochgezogener Augenbraue fragend ansieht.

«Rick ruft dich gleich an. Wir sollen ins Büro kommen. Hanks Tochter ist verschwunden. Vermutlich entführt von diesem David.»

«Oh scheiße. Also hat David doch etwas damit zu tun.» Eilig sammelt sie ihre Klamotten zusammen und zieht sich an.

«Scheint so.»

«Dann ist er derjenige, der Hanks an den Kragen will. Aus irgendeinem Grund hat er etwas gegen seinen Psychiater.» Kathlyn stopft die Bluse in ihre Hose und greift nach ihrem Jackett, das sie achtlos im Flur ausgezogen hat.

«Das kann uns nur Hanks sagen.» Howard zieht sich das Holster um und schlüpft ebenfalls in sein Jackett.

«Los geht's.»

Dann klingelt Kathlyns Telefon. Fragend blickt sie Howard an, der mit dem Kopf schüttelt und flüstert: «Noch nicht.» Sie wartet einen Moment und nimmt verwundert das Gespräch an.

Rick scheint ihr das gleiche zu erzählen, denn sie sagt ebenfalls «Oh Scheiße» und sichert ihm zu, dass sie sich im Büro treffen. Als sie auflegt, stemmt sie die Hände in die Hüften.

«Warum sollte ich Rick nichts von uns sagen?»

«Ich glaube, man könnte es uns negativ auslegen. Ich will dich nur beschützen, Kathlyn.»

Sie funkelt ihn wütend an. «War das hier nur für eine Nacht?»

«Nein, das war nicht nur für eine Nacht, Kathlyn. Aber üblicherweise haben FBI Agenten kein Verhältnis untereinander...»

«Ah. Ein Verhältnis. Okay. Ich bin also nur ein Verhältnis.»

Howard fährt sich durch die Haare. Das mit ihr hatte er nicht durchdacht, jetzt legt sie alles auf die Goldwaage. Wie sollte er bloß aus der Nummer rauskommen, ohne sie zu verletzen?

Schließlich holt er sein Handy raus, tippt auf die letzte angerufene Nummer und wartet, bis das

Freizeichen ertönt.

«Schwing deinen Arsch hierher, How», sagt Rick gereizt.

«Ich komme mit Kathlyn.»

«Was ist los? Ist ihr Auto kaputt oder warum rufst du mich deshalb an?»

«Nein, wir sind zusammen. Wir waren essen und danach bei ihr und ... nun du weißt schon.»

Rick schweigt für einen Moment, dann sieht Howard regelrecht das Grinsen auf seinem Gesicht. «Schön für euch. Wenn ihr euch dann für einen Moment trennen könntet und herkommt, wäre das ein toller Schritt.» Damit legt er auf. Howard sieht planlos zu Kathlyn, die die Arme vor der Brust verschränkt und ihn grinsend ansieht.

«Was? War das auch falsch?»

Sie kommt auf ihn zu, stellt sich auf die Zehenspitzen und küsst ihn. «Schon okay. Ich war nur etwas verletzt. Du musst nicht jedem sagen, dass wir zusammen sind. Lass es uns langsam angehen.»

Versteh einer die Frauen!

Keine halbe Stunde später sind sie im Büro, wo Thomas bereits am Computer sitzt und sich auf mehreren Monitoren die Überwachungsbänder ansieht. Bob unterstützt ihn dabei, sieht aber ziemlich übermüdet aus, dennoch ist zu erkennen, dass er aufgeregt und voller Anspannung ist. Rick lehnt am Schreibtisch und sieht Thomas zu. An der Pinnwand hängt neben den ersten beiden Opfern ein neues Bild. Das muss Viktoria sein. Sie hat die wachen Augen ihres Vaters, sieht ihm aber ansonsten nicht ähnlich. Vermutlich kommt sie nach ihrer Mutter. Ihr glattes

Haar hat sie zu einem Zopf gebunden, was ihr rundes Gesicht nicht gerade umschmeichelt. Howard vermutet, dass sie eine weibliche Figur hat. Sie strahlt in die Kamera und sieht ziemlich glücklich aus.

«Das ist Viktoria Hanks», sagt Rick. «Einundzwanzig, dunkle Haare, einsfünfundsechzig groß, wiegt laut ihrer Mitbewohnerin ungefähr neunundsiebzig Kilo. Sie trug ein schwarzes Wollkleid und Stiefel, sowie eine rote Handtasche und hatte einen blauen Trolley dabei, als sie losgefahren ist.»

«Was ist mit ihrem Dad?»

«Er sitzt im Vernehmungsraum eins hier oben.»

Howard runzelt die Stirn. «Warum ist er nicht mehr unten?»

«Wir gingen davon aus, dass er keine Gefahr für sich oder andere ist.»

«Na toll. Jetzt gehen wir auch noch von irgendwas aus.»

«Howard, seine Tochter ist verschwunden. Wir haben nur Indizienbeweise.»

«Ja, ist ja gut. Ich habe ihn auch nicht in Verdacht. Aber er kann uns helfen, diesen Mistkerl zu schnappen. Was ist mit seiner Frau?» Howard verschweigt, dass Hanks ihn überhaupt nicht interessiert und er eigentlich nur seinen alten Freund schnappen will.

«Wir versuchen sie noch immer zu erreichen.»

«Ich habe ihre Freundin gestern angerufen, sie will ihr Bescheid sagen, falls sie sich meldet», sagt Bob und öffnet umständlich eine Dose Red Bull, die Howard ihm aus der Hand nimmt und daraus trinkt.

«Danke, Kumpel», sagt er zu Bob gerichtet.

«Sie hätten mich einfach fragen können, dann hätte

ich Ihnen eine aus dem Automaten gezogen», schmollt Bob.

«Weißt du was, Bob? Wenn du nicht mehr so förmlich mit mir sprichst, besorg ich uns allen eine Runde Red Bull.»

Bob grinst und wird rot. «Deal», sagt er und sie schlagen ein.

Als Howard auf den Flur geht, kommt ihm Stephen entgegen.

«Howard, gut, dass ich dich alleine treffe.»

«Was gibt es?» Für einen Moment glaubt Howard, dass sein Boss alles von ihm und Kathlyn weiß, aber den Gedanken verwirft er sofort wieder. Und selbst wenn ...

«Alles in Ordnung mit dir?»

«Ja. Nett, dass du nachfragst. Aber ich schaffe es schon.»

«Du weißt, dass du nicht stark sein musst.»

Howard nickt und schluckt hart. «Kein Ding.»

«Gut. Wo wolltest du hin?»

«Eine Runde Red Bull spendieren», grinst Howard.

Stephen lächelt zaghaft. «Gut, okay. Wir sehen uns gleich.»

Wenn Howard es sich recht überlegt, geht es ihm im Moment so gut wie lange nicht mehr. Ja, sein alter Freund ist ihm auf den Fersen und ja, ihn dürstet nach Rache, sowie Vergeltung für all die Opfer, die er auf dem Gewissen hat, aber auf der anderen Seite ist da Kathlyn, die ihm so unglaublich viel neue Kraft schenkt. In ihr steckt viel mehr als nur eine Kollegin, Psychiaterin oder Liebhaberin. Das hat er gespürt, als er sie zum ersten Mal im Fahrstuhl gesehen hat.

Mit mehreren Red Bull Dosen geht er den Gang

zurück ins Büro, wo alle konzentriert auf einen der Monitore blicken.

«Was ist eigentlich mit den Überwachungskameras außerhalb des Parks?», fragt Howard, weil ihm der Wagen einfällt, den Sally erwähnt hat, und reicht jedem eine Dose.

«Ich habe mir die Bänder bereits angesehen», sagt Bob, nachdem er einen großen Schluck nimmt.

«Halte Ausschau nach einem Transporter. Egal, was aufgedruckt ist. Eine Patientin von Hanks hat David in einen einsteigen sehen.»

Bob nickt ihm zu und geht an seinen Platz, wo er auf der Tastatur herumtippt und immer wieder auf den Monitor sieht.

«Hier. Ich sehe sie», sagt Kathlyn und deutet auf den Bildschirm vor Thomas.

«Vergrößern.»

«Sie kommt gerade durch das Gate und bleibt stehen.» Viktora blickt sich suchend um, bis sie jemanden entdeckt, zumindest sieht es so aus. Sie wartet einen Moment, bis sie sich in Bewegung setzt.

«Ich brauche die andere Kamera», ruft Howard aufgeregt, auch wenn die Aufnahmen nicht live sind, will er den Kerl so schnell wie möglich fassen.

«Ruhig Brauner», macht Thomas und schiebt einen weiteren Screen auf den Monitor. Darauf ist ein Mann zu sehen. Leider nur die Rückenansicht. Man kann erkennen, dass Viktoria auf ihn zugeht.

«Wir brauchen die Bilder von der Kamera weg vom Gate.»

«Kommt sofort.» Thomas tippt etwas ein, schiebt die Maus hin und her und zeigt auf den Monitor. Jetzt kann man den Mann von vorne sehen, allerdings trägt er eine Kappe und die ist tief in sein Gesicht gezogen. Man kann lediglich die Nasenspitze und den Mund erkennen.

«Vergrößern, ausdrucken und ein Bild an die Gesichtserkennung.»

«Jawoll.» Thomas salutiert, löst den Druckauftrag aus und schiebt das Bild in ein E-Mail Programm.

«Okay, weiter. Vielleicht bekommen wir noch ein besseres Bild von ihm.» Sie beobachten, wie sich Viktoria mit dem Mann unterhält. Zuerst wirkt es etwas unterkühlt, aber einen Augenblick später geht der Mann auf sie zu und küsst sie. Dann stürmt er voraus und sie hat Mühe, mit ihm mitzuhalten.

«Ein echter Gentlemen», murmelt Kathlyn.

Sie folgen den beiden über mehrere Kameras des Flughafens, aber bekommen ihn leider nicht besser aufs Bild.

«Damit hat er gerechnet. Er ist nicht blöd», sagt Howard.

«Mal sehen, ob wir wenigstens das Nummernschild seines Wagens rausbekommen», erwidert Rick.

Howard schnaubt entnervt. «Da wäre er ja selten dämlich.»

Es dauert eine ganze Weile, bis sie am Parkdeck ankommen. Der Mann öffnet einen roten Mustang und steigt vorne ein. Viktoria hievt ihren Koffer in den Kofferraum und macht keinen glücklichen Eindruck. Thomas zoomt das Bild näher, aber das Nummernschild ist nicht zu erkennen. Es sieht so aus, als hätte es jemand ausschraffiert.

«Verflucht. Da hat der Kerl Glück gehabt, dass er noch nicht angehalten wurde.»

«Wäre auch zu schön gewesen. Und ein Transporter

ist es auch nicht.»

«Nein, aber der gleiche Wagen, wie in Delaware», ruft Bob dazwischen und winkt Howard zu sich.

«Bingo!» Howard macht eine Faust und stößt sie in die Luft.

«Zumindest können wir daraus schließen, dass David auch unser Täter ist.»

«Seht mal, Leute», ruft Rick von Thomas‘ Monitoren. «Er hat Viktoria betäubt.» Thomas vergrößert die Aufnahme und man kann deutlich durch das Rückfenster erkennen, dass der Mann etwas an Viktorias Hals hält. Kurze Zeit darauf fällt ihr Kopf zur Seite und der Mann fährt los. Dabei hält er den Kopf stets nach unten und die Kappe so tief ins Gesicht gezogen, dass man seine Augen weiterhin nicht erkennen kann.

«Gibt es an der Schranke noch einmal eine Kamera?»

«Ja.»

«Ich will die Aufnahme sehen», sagt Howard forsch.

«Sekunde.» Thomas tippt wieder auf der Tastatur und vergrößert wenige Sekunde später ein Bild auf dem mittleren Monitor. Der Mann auf dem Bild schiebt sein Ticket in den Automaten, hält aber den Kopf gesenkt.

«Verflucht», schimpft Howard.

Keiner im Team sagt ein Wort, bis Kathlyn tief seufzt und Howard ansieht. «Wir müssen uns Hanks vornehmen. Er hat irgendetwas damit zu tun. Vielleicht redet er endlich, jetzt, da seine Tochter in Gefahr ist.»

«Wo ist Hanks Anwalt?», fragt Stephen plötzlich.

«Er ist bei seinem Mandanten», gibt Howard genervt zurück. «Keine Angst, wir halten uns an die Vorgaben.

Du weißt genau, Stephen, dass wir uns keinen Ermittlungsfehler erlauben können.»

Howard blickt Kathlyn an. «Komm.»

33

Ich ziehe meinen Finger aus ihr und kann nicht anders, als zufrieden zu lächeln. Viktoria hingegen schluchzt. Ich wische den Finger an meinem Shirt ab, streichele ihr über die Wangen, so als wolle ich sie trösten. Die Nähe zu ihr, der Kontakt ist genau das, was ich in diesem Stadium von ihr brauche, damit sie sich voll und ganz auf mich einlässt.

«Bist du müde?», frage ich.

«Ist es das, was du bist? Das was du willst? Warum hast du mich nicht gefragt?» Sie lallt noch ein kleines bisschen, aber die Wirkung der Medikamente lässt noch nicht nach.

«Gefragt? Nach was?», frage ich verwirrt.

«Ob ich ... ob ich perverse Spiele mit dir spiele», stottert sie vor Verlegenheit.

«Was hättest du gesagt, hätte ich dich gefragt?»

«Vielleicht hätte ich es ausprobieren wollen», sagt sie hoffnungsvoll.

«Du hättest keine Angst gehabt?»

«Doch», schnieft sie.

«Weißt du, Viktoria, ich muss dich enttäuschen. Das war kein perverses Rollenspiel, auch wenn es dir gefallen hat.»

Sie braucht einen Moment, bis sie verstanden hat, was ich ihr da gerade gesagt habe. Dann schreit sie. So viel Wut und Leid stecken in ihr. Bald werde ich es ausgelöscht haben. Bald werde ich alle Regungen, die ein menschliches Wesen ausmachen, ausgelöscht haben.

«Was hast du damit gemeint, so hat Daddy angefangen? Ich kann nicht mehr klar denken, aber ich bin sicher, dass ich das richtig verstanden habe.»

«Viktoria, Viktoria, Viktoria. Lass uns Zeit. Nicht so stürmisch. Alles zu seiner Zeit.»

«Ich möchte es aber wissen», jammert sie.

«Ich, ich, ich. Immer nur ich. Du wartest, bis du dran bist», sage ich erregt. Es wird Zeit für das zweite Stadium.

«Hattest du jemals Angst um dein Leben?», will ich wissen, weil es mich wirklich interessiert. Die meisten Menschen leben in ihrem warmen Kokon, haben Leid, Schmerz und Folter noch nie erfahren. Sie wissen nicht einmal annähernd, was es bedeutet, Angst um ihr Leben zu haben.

«Nein», flüstert sie.

«Oh, das wird ein Spaß.» Ich sehe auf meine Uhr. Es ist nach zwei. Adrenalin hält sie wach. Mist. Aber auch wenn meine Idee zum Schlafentzug nicht funktioniert hat, hat sie dennoch das bekommen, was ich wollte. Ich lege den Kopf in den Nacken und lache. Hasserfüllt starrt sie mich an.

«Bist du eigentlich einer derjenigen, die in ihrer Kindheit nicht verstanden wurden und jetzt der ganzen Menschheit die Schuld dafür gibt?»

Wut flammt in mir auf. Ich greife in ihre Haare, schlinge eine Strähne um meine Hand und ziehe den Kopf nach oben, wodurch sich auch die Schlinge enger um ihren Hals zieht. Sie röchelt, Tränen schießen in ihre Augen, sie beginnt zu husten.

«Ich habe dir gesagt, du sollst mich nicht therapieren. Du hast doch keine Ahnung. Du weißt gar nichts.» Wütend schlage ich mit meinem Handrücken in ihr

Gesicht. Es knackt, Blut fließt aus einer Wunde an ihrer Lippe. Schließlich lasse ich das Haar los, so dass sie auf den Boden fällt, wie ein nasser Sack. Sie bekommt nur schwer Luft. Auch gut. Davon stirbt sie nicht.

«Also hatte ich recht», röchelt sie. Ihre Stimme klingt nasal. Vielleicht habe ich ihre Nase angebrochen. Auch das ist mir egal. Was mir nicht egal ist, ist ihre Todessehnsucht. Scheinbar hat sie sich damit angefreundet, dass sie nicht mehr lebend hier raus kommt. Dass ich der letzte Mensch bin, den sie sehen wird.

«Du gibst nicht auf, was?»

«Warum die ganze Heimlichtuerei? Ich sterbe doch sowieso. Also kannst du mir doch einfach sagen, warum du das tust.»

«Vielleicht lasse ich dich ja gar nicht sterben, Viktoria. Schon mal daran gedacht? Vielleicht will ich, dass DU WIE ICH LEBEN MUSST. VIELLEICHT WILL ICH, DASS DU WEISST, WAS DEIN DADDY KLEINEN KINDERN ANGETAN HAT?» Ich schreie so laut, dass mir meine eigene Stimme fremd vorkommt. Sie klingt kehlig, überschlägt sich und für einen Moment tut es gut, die Worte laut hinauszuschreien.

«Du lügst. Du krankes Schwein lügst», schluchzt sie. Vermutlich denkt sie über meine Worte nach, kramt in ihrem Gedächtnis, ob etwas an ihnen dran sein könnte.

Ich knie mich wieder zu ihr.

«Und wenn nicht?», frage ich sie und halte mein Gesicht ganz nah an ihres. Ich kann ihre Verzweiflung in Form ihres süßen Schweißes riechen, ihre heißen Tränen spüren.

Sie runzelt die Stirn, verzieht aber sofort das Gesicht vor Schmerz. Tatsächlich. Ich habe ihre Nase gebrochen. Sie schwillt bereits an und die Schwellung geht auf die Augenpartie über.

«Sag mir, was du tust, wenn ich nicht lüge», fordere ich sie auf und nehme wieder etwas Abstand.

«Was soll ich dann tun?», murmelt sie. «Es würde nichts an der Situation ändern.»

«Würde ich dir leid tun? Würdest du deinen Daddy hassen? Ihn mit anderen Augen sehen? Dir wünschen, er wäre nicht dein wirklicher Daddy?»

«Ich weiss es nicht», sagt sie erschöpft.

«Weißt du eigentlich, wie man ganz früher einen schizophrenen Menschen versucht hat, zu heilen?» Ich stehe auf, gehe zu meiner Werkbank und stelle den kleinen viereckigen Kasten an. Es summt leise. Vorne befindet sich ein Drehschalter, die Ziffern auf dem Schalter sind abgewetzt, aber ich kenne die Wirkung, ohne die Zahlen sehen zu müssen. Ich nehme die zwei Clips, die mit dem Gerät verbunden sind in die eine Hand und hebe mit der anderen die Wasserflasche auf, dessen Inhalt ich Viktoria über den Kopf schütte. Schließlich befestige ich den einen Clip an dem linken Ohrläppchen und den anderen am rechten. Sie beginnt wieder zu zittern, so dass die Zähne laut aufeinanderklappern.

Lächelnd wende ich mich wieder dem Kasten zu.

«Bis vor ein paar Jahrzenten hat man mit dieser Therapieform sogar versucht, Homosexualität zu heilen.» Ich kichere. «So ein Blödsinn.» Langsam drehe ich den Schalter auf die erste Ziffer. Es gibt zehn Stufen. Der Stromstoß dürfte hier noch nicht ganz so schmerzhaft sein, dennoch sehe ich zu, wie sich ihr

Rücken durchbiegt, sie den Hals streckt und sich fast selbst stranguliert. Ihre Haut zieht sich zusammen, die Dellen auf ihren Beinen verschwinden, ich kann eine kleine Pfütze unterhalb ihres Beckens erkennen. Es riecht nach verkohlten Haaren. Ich drehe den Schalter zurück in seine Ausgangsposition, lockere den Strick am Hals und sehe zu, wie sich ihre Muskeln entkrampfen. Sie starrt mich mit glasigen Augen an, röchelt, schnappt verzweifelt nach Luft durch den Mund.

«Ich will dich nicht heilen», sage ich. «Ich will nur deine Wahrnehmung verändern. Ich will, dass du begreifst, was dein Dad für ein Monster war. Und ich will, dass er leidet. Er wird zwar nicht so leiden wie ich damals, aber dafür habe ich dich ja. Und glaube mir, es befriedigt mich zutiefst.»

Sie sagt nichts mehr. Hoffentlich habe ich nicht wichtige Teile ihres Gehirns verschmort. Ich will doch noch ein bisschen Spaß haben und ich freue mich schon darauf, ihre eine Geschichte zu erzählen.

Keine Gute Nacht Geschichte.

Eine Gute Tot Geschichte.

34

Hanks sitzt zusammengesunken am Tisch. Sein Anwalt neben ihm. Als sie reinkommen, will Hanks aufstehen, aber Howard gibt ihm per Handzeichen zu verstehen, dass er sitzenbleiben soll.

«Kann ich mich darauf verlassen, dass Sie Ruhe halten, Doktor Hanks?», fragt Howard, bevor er sich ihm gegenüber setzt und wartet, bis Kathlyn Platz genommen hat.

«Warum fragen Sie mich das?»

«Kann ich mich darauf verlassen? Ansonsten muss ich Sie fixieren lassen und ich denke, das möchten weder Sie noch ich.» Howard hätte zwar Verständnis, wenn Hanks gleich völlig ausflippen würde, aber noch ist Hanks verdächtigt und er kennt ihn nicht, kann nicht beurteilen, was passiert, wenn er ihm die Nachricht überbringt.

«Ja», sagt er kleinlaut, den Blick wachsam auf ihn und Kathlyn gerichtet.

«Ihre Tochter wurde entführt.»

Hanks will tatsächlich aufspringen, aber Bickett hält ihn zurück. Der Arzt ist bleich geworden, die Augen weit aufgerissen, rot gerändert, die Lippen zittern.

«Oh nein! Oh nein! Das ist nicht wahr. Es ist bestimmt eine andere Studentin. Es ist nicht Viktoria. Sie wollte in drei Tagen kommen. Nein, nein.» Er vergräbt den Kopf in die Hände, die noch immer mit Handschellen miteinander fixiert sind.

«Es tut mir leid, Ihnen das sagen zu müssen. Aber

es handelt sich eindeutig um Ihre Tochter. Sie wollte sich laut ihrer Zimmergenossin Dinah mit einem gewissen David am Flughafen in Washington treffen. Sie haben sich im Internet kennengelernt. Dinah meint, die Internetbekanntschaft läuft seit August. Hat Ihre Tochter jemals etwas über ihn erzählt?»

Hanks lässt die Hände sinken und starrt ihn fassungslos an. «Internet? Sie kennt David? Aber ... seit August? Oh mein Gott. Nein, nein, nein. Wo ist meine Frau? Ist sie informiert worden?»

«Es tut mir leid, wir haben Ihre Frau immer noch nicht erreicht.»

«Dann leiten Sie eine Fahndung ein. Sie ist eine wichtige Entlastungszeugin, Agent Caspar. Sie sehen doch, dass mein Mandant unschuldig ist. Das ist ein abgekartetes Spiel. Jemand will ihm etwas anhängen. Sie müssen ihn freilassen.»

Howard hebt die Schultern. «Es tut mir leid, Sir, aber ich kann Hanks nicht freilassen. Es gibt immer noch die Möglichkeit, dass er mit diesem Mann, wenn er denn David heißt, zusammen arbeitet.»

«Sie sind doch völlig durchgeknallt, Agent Caspar. Warum sollte ich mit jemandem zusammenarbeiten, der meine Tochter in seiner Gewalt hat?»

«Ich habe schon alles gesehen, glauben Sie mir, Doktor Hanks. Aber darum geht es nicht. Es geht darum, ob Sie nicht doch noch etwas mehr wissen, als Sie uns bisher gesagt haben. Etwas, das Ihre Tochter retten könnte.»

Hanks schweigt, sieht ihn nicht mehr an, verknotet seine Finger und atmet tief ein und aus.

Howard rutscht ein bisschen nach vorne, legt seine Hände auf den Tisch.

«Wenn Sie etwas wissen, und sei es noch so uninteressant, sollten Sie es uns sagen. Wir möchten Ihre Tochter retten, Doktor Hanks.» Eine Pause, dann: «Wir möchten Ihnen helfen, Doktor.»

«Woher wissen Sie, dass sie entführt wurde? Hat sich jemand gemeldet und wollte Lösegeld?»

«Nein.» Howard blickt dabei fest in Hanks Augen. «Es gab keine Lösegeldforderung. Wir haben ein Video von der Überwachungskamera des Parkplatzes am Flughafen gesehen. Der Mann hat ihr eine Spritze gegeben.» Howard schiebt das Foto auf den Tisch in Hanks Richtung.

«In zwanzig Minuten haben wir einen Zeichner hier. Er wird direkt zu Ihnen kommen und ich bitte Sie, ihm eine Beschreibung von David zu geben.»

«Soll das heißen, Sie konnten ihn noch nicht ausfindig machen?»

«Dieser Mann heißt nicht David Smith.»

Hanks betrachtet das Bild sehr lange, nimmt es in die Hände, dreht es, so als könnte er doch irgendwie unter die Kappe sehen, verengt die Augen, damit ihm kein Detail entgeht. Dann legt er es wieder ab.

«Ich kann mir schon vorstellen, dass dieser Mann mein Patient ist, aber ich kann es auch nicht mit Sicherheit sagen. Statur, Kinn, Mund und Nase könnten passen.»

«Fällt Ihnen noch etwas ein, Doktor Hanks? Vielleicht von früher? Hat David wirklich nie etwas zu Ihnen gesagt? Weshalb war er bei Ihnen in Behandlung?»

«Ich ... mir fällt nichts ein. Ich hatte in meinem Leben schon viele Patienten. Kann schon sein, dass einer dabei war, der sich nicht richtig behandelt gefühlt hat. Aber ich kann mich nicht erinnern, dass so etwas jemals vorgekommen ist.»

«Doktor Hanks», Howard seufzt. «Denken Sie jetzt bitte an Ihre Tochter. Hier geht es um ein Menschenleben und nicht um Ihre Lizenz.» Howard lehnt sich zurück. «Sie wissen noch, was er den beiden anderen Frauen angetan hat?»

Hanks knirscht mit den Zähnen, schließt die Augen und plötzlich ist seine ganze Körperspannung weg. Die Schultern fallen nach vorne, der Mann scheint um zehn Jahre gealtert.

«Ich hatte vor mehr als zwanzig Jahren eine Gruppe Heimkinder therapiert. In Los Angeles.»

«Erzählen Sie weiter.»

«Die Sache war nicht ganz so offiziell, Agent Caspar.»

«Will heißen? Haben Sie illegale Experimente durchgeführt?»

«Mein Mandant muss Ihnen nicht weiter antworten, wenn er sich selbst belastet», wirft Bickett ein.

«Nein, nein. Schon okay. Nein, es handelte sich nicht um illegale Experimente. Es nahmen sechs Kinder daran teil. Die Heime haben sich hier keinerlei staatlichen Förderungen geholt, sondern es lediglich für die Genesung dieser Kinder getan. Ich habe mehrere Wochen mit den Kindern in einem Haus gearbeitet. Es ging ihnen danach besser. Sie wurden nicht mehr auffällig, haben sich wunderbar im Heim integriert und Pflegefamilien gefunden.»

«Warum sind Sie von Los Angeles nach Washington gekommen?»

«Ich hatte hier an der Uni ein Angebot für einen

Lehrstuhl», erwidert er knapp.

Howard glaubt ihm nicht, aber das tut zunächst nichts zur Sache. Er braucht die Namen der Kinder. Er muss endlich wissen, was sein alter Freund damit zu tun hat.

«Geben Sie mir die Namen der Kinder und der Heime, damit wir das abgleichen können. Gab es sonst eine Besonderheit in Ihrer Vergangenheit? Ein besonders lästiger Patient? Jemand, der aggressiv wurde? Mussten Sie jemanden an einen Kollegen abgeben, weil Sie nicht weiterkamen?»

Hanks hebt die Hand, bevor Howard weiter fragen kann. «Nein, Agent Caspar. Jeder Psychiater hat eine sogenannte rote Liste, auf der die Namen solcher Patienten aufgenommen werden. Ich musste niemals eine solche Liste anlegen. Deshalb kann ich Ihnen, ohne nachzudenken, darauf antworten.»

«Dann nennen Sie uns bitte die Namen und die Kinderheime.»

Howard zieht einen kleinen Notizblock aus seinem Jackett.

«Lilly Mayer, Kinderheim Sant Patrick. Ralf Webber, Kinderheim Joseffus. Mike Allbright aus dem Kinderheim Marie-Claire. Alice Balerius aus dem Kinderheim White Chapel und Bruce Salamon aus dem Kinderheim Christofferus.»

Howard reißt den Zettel ab und gibt ihn an Kathlyn, die den Raum verlässt.

«Bevor wir zu viel Zeit verlieren, Doktor Hanks. Wer von diesen Jungen brauchte Ihre meiste Aufmerksamkeit und welches Kind nicht? Wir werden selbstverständlich alle prüfen, nur damit wir uns nicht missverstehen. Aber wir können eventuell eingrenzen.»

In Hanks Augen flackert es. Er presst die Lippen zusammen, so als wolle er nichts mehr sagen.

«Ich erinnere Sie noch einmal daran, dass er Ihre Tochter hat.»

«Sie glauben also eines der damaligen Kinder könnte etwas damit zu tun haben?»

«Es muss etwas vorgefallen sein, was jemanden so derart gegen Sie aufbringt, Doktor Hanks.»

Howard bekommt das Gefühl nicht los, dass der Arzt nicht die ganze Wahrheit erzählt. Aber das steht im Moment nicht im Vordergrund. Ein weiterer Mord muss verhindert werden und der Täter muss gestoppt werden.

«Auffällig war Bruce Salomon. Schwere Träume, sexueller Missbrauch in der Familie, sexueller Missbrauch im Kinderheim ...»

«Jenem, das ...?»

«Ja. Der Sohn der Heimleitung hat sich an ihm vergriffen.»

Mein Gott. Dieses Kind hat ja jegliche Hoffnung verloren.

«Weiter?», fragt Howard, nachdem er sich gefasst hat.

«In seinen Träumen ist er gewandelt, hat Tiere misshandelt, wurde immer aggressiver den anderen Kindern gegenüber. Das Heim hat von den anderen Kinderheimen von meinen Traumtherapien gehört und sie haben sich dann zusammengeschlossen und mir sechs Kinder übergeben.»

«Alter?»

«Zwischen neun und elf.»

«Was war mit dem anderen Kind?»

Verwirrt blickt Hanks ihn an. Die Erinnerungen

scheinen ihn im Moment zu überwältigen.

«Ach ja. Das war Mike. Sehr schreckhaft, in sich gekehrt, hat sich mit allem, was er zur Verfügung hatte, vor sich selbst versteckt. Er war von seinen Eltern zu Videos mit Lehrern, Nachbarn, Ärzten gezwungen worden. War ein ziemlich großer Fall unten in San Diego.» Howard bemüht sich, sich daran zu erinnern. Aber vor zwanzig Jahren war er Frischling im Polizeirevier Washington. Vielleicht hatte er irgendwann davon gehört, es aber wieder verdrängt.

«Er kam erst mit neun Jahren aus dieser Hölle frei. Keine Verwandten, schwer traumatisiert. Man erhoffte sich durch meine Therapie sehr viel. Man glaubte fast, ich könnte die Kinder umprogrammieren.»

«Das was Samantha Gaynor Ihnen vorgeworfen hat?»

«Ja, richtig. In dem Fall hat es den Kindern geholfen.» Da steckt mehr dahinter, glaubt Howard. Warum sollte sich einer dieser Kinder an ihm rächen wollen, wenn er ihnen geholfen hat. Diese Frage müssten sie klären, wenn einer von den Kindern der Täter wäre.

«Was ist mit Ralf?»

«Ähnlicher Fall. Alle Kinder, die bei mir waren, hatten es mit häuslicher Gewalt zu tun. Man hat mir extra diese Kinder überstellt. Ralf war von seinem Vater missbraucht worden. Seine Mutter hat das all die Jahre nicht gemerkt oder nicht merken wollen. Wer weiß das schon so genau?»

Oh doch. Frauen bekommen mit, was ihre Ehemänner treiben, aber sie wollen es nicht wahrhaben. Sie beschützen ihre Männer, sie haben

Angst, dass jemand ihre heile Welt zerstört, also sagen sie nichts, in der Hoffnung, es kommt niemals raus und in der Hoffnung, sie würden sich niemals an fremden Kindern vergreifen. So grotesk das auch klingt. Howard hat schon mit einigen dieser Fälle zu tun gehabt. Jedes Mal stellte sich die Frage, was mit den Frauen nicht stimmte. Er wird es nie verstehen und er verabscheut diese Feigheit auf Kosten der Kinder.

«Hatten Sie mit einem dieser Kinder danach noch Kontakt?»

Die Antwort kommt erschreckend schnell. «Nein. Am letzten Tag bekam ich die Einladung nach Washington und meine Frau und ich entschieden uns für den Wechsel, da es ein guter Schritt für meine Karriere war. Wenige Tage nach Abschluss sind wir nach Washington gezogen.»

«Sie hatten den Job telefonisch angenommen?», wundert sich Howard. Nur jemand, der so schnell wie möglich weg will, nimmt einen Job an, ohne vorher die Leute persönlich kennenzulernen. Erst recht, wenn es sich um einen solchen gravierenden Ortswechsel handelt.

«Ja. Meine Praxis lief mehr schlecht als recht und meine Frau wünschte sich ein Kind. Dem musste ich eine Perspektive geben. Sicherheit. Deshalb habe ich telefonisch zugesagt. Die Uni hat sich um den Umzug gekümmert und als wir in Washington ankamen, war fast alles fertig, nur die Kartons mussten wir selbst ausräumen.» Er lächelt gequält.

«Eine letzte Frage: Warum war David bei Ihnen?»

Hanks überlegt kurz. «Er hat mir etwas von unterdrückter Wut erzählt. Er meinte, er sucht einen guten Job, hat aber Probleme mit Autorität. Eigentlich nicht mein Spezialgebiet.»

«Er wurde Ihnen also nicht vom Staat übermittelt?»

«Nein. Er hat von mir gehört. Er meinte, er braucht eine Bescheinigung von seinem Arbeitgeber, dass er eine Therapie besucht, sonst könnte er sich den Job in die Haare schmieren. So hat er sich ausgedrückt.»

«Den Arbeitgeber hat er nicht genannt?», fragt Howard hoffnungsvoll.

«Nein. Bis ich ihm eine Bescheinigung ausstellen konnte, kam er auch schon nicht mehr.»

«Machen wir uns nichts vor, Doktor Hanks. Sie erzählen nicht die ganze Wahrheit. Warum sollte eins dieser Kinder nach zwanzig Jahren zurück kommen und Ihnen das antun wollen? Sie müssen verstehen, dass ich hier keine klare Verbindung sehen kann.»

«Aber dieser David muss eines der Kinder sein. Ich weiß es nicht. Ich weiß doch nicht, was nach meiner Therapie mit dem Kind passiert ist. Ich weiß nur, dass meine Tochter in seiner Gewalt ist und dass ich krank bin vor Sorge um sie. Wer weiß, was er seit gestern Mittag mit ihr gemacht hat.» Tränen treten in seine Augen. Verlegen wischt er sie weg.

«Sie haben Recht. Wir kümmern uns darum, Ihre Tochter zu finden.»

«Kann mein Mandant nach Hause?»

«Nein. Wir sind noch nicht fertig mit unseren Ermittlungen.» Howard steht auf, ohne weiter auf den Anwalt einzugehen. Draußen gibt er dem dort wartenden Agenten Bescheid, dass Hanks wieder in seine Zelle gebracht werden soll.

Er braucht den Arzt unbedingt weiter im direkten Zugriff. Dass er dafür ein Disziplinarverfahren an den Hals bekommt, nimmt er in Kauf.

35

Ein bisschen Angst habe ich schon, sie zu stark zu verletzen, wenn ich im nächsten Schritt auf Stufe zwei gehe. Ich gehe allerdings davon aus, dass es noch auszuhalten ist. Bislang habe ich das Gerät nur bei kleineren Tieren benutzt.

Wieder starre ich fasziniert auf ihre Haut, die sich zusammenzieht. Sie erstarrt in einem Krampf, ein leichtes Zittern geht durch ihren Körper. Jetzt riecht es auch etwas verbrannt. Während sie mit dem Strom kämpft, der durch ihren Körper jagt, reise ich kurz in die Vergangenheit und nehme sie mit.

«Alles, was ich immer wollte, war geliebt zu werden. Aber niemand hat es mir gegönnt, sie alle haben mir das Liebste genommen und als ich deinem Daddy begegnet bin, habe ich alle anderen Kinder gehasst, weil er ihnen auch so viel Aufmerksamkeit schenkte wie mir. Ich wollte aber alleine mit ihm sein. Ich wollte ihm erzählen, was ich geträumt habe. Ich wollte die Anerkennung, die in seinen Augen glomm, für mich beanspruchen.» Viktoria sieht fast so aus, als ob ihre Augen aus den Höhlen treten, der Mund ist weit geöffnet, ich kann ihre Zunge sehen, die hin und her zappelt. Gnädigerweise stelle ich das Gerät eine Stufe herunter.

«Ich berührte ihn. Erst tat ich so, als wäre es aus Versehen passiert. In meinem Traum. Als sei ich geschlafwandelt. Ich spürte, dass er auf mich reagierte, aber, um dich zu beruhigen, er wurde verlegen, fast böse auf mich. Doch dann gab er mir Medikamente, manipulierte meine Erinnerungen im Traum, hypnotisierte mich bevor ich einschlief, flößte mir falsche Gedanken ein. Die erste Woche dachte ich auch, dass er Erfolg hatte, aber dann kam der Abend, an dem sich unsere Beziehung zueinander veränderte. Ich habe ihn verwöhnt, er hat sich gewehrt, aber er kam nicht gegen mich an, wohl weil auch er Gefühle für mich hatte. Als ich fertig war, wurde er wütend. So wütend, wie Oskar war. Aber ich glaubte, ich könnte ihn umstimmen, so wie ich Oskar umgestimmt hatte. Aber dein Daddy wollte mich nicht. Es sollte eine einmalige Sache sein. Ein Versehen, aber ich redete ihm ein, dass er sich nicht dagegen wehren darf, denn es ist doch sein wahres Ich. Er würde mich doch lieben. Einige Tage später beachtete mich dein Daddy nicht. Er gab mir viele böse Medikamente, ich schwebte immer wieder im Traumzustand, hatte schlimme Albträume, wurde fixiert, bekam einige Tage nichts zu essen, dann fing er mit Strom an. Er gab mir vorher etwas, das ich auf die Zunge legen sollte. Viel später habe ich herausgefunden, dass er mir LSD gab. Eine Woche in völliger Isolation und wenig Essen hatten nicht ausgereicht, um meine Meinung zu ihm zu ändern. Da versuchte er, mich auch physisch zu brechen. Er weinte an dem Abend. Er schrie und weinte und benutzte ein Rohr aus Stahl, mit dem er mich malträtierte, mit dem er mich brechen wollte. Er schrie mich immer wieder an, dass er kein Engel sei, dass er mich nicht liebte und dass ich ihn nicht lieben dürfte. Denn wer tut einem anderen weh, wenn er ihn liebt.

Er ließ mich zurück mit meinen Schmerzen. Er gab mir Medikamente, machte mich sauber, ließ mich alleine und ich zerbrach. Mein Glaube an ihn verlor sich. Ich ließ mich auf seine Behandlung ein. Ich vergaß so viele Dinge und als wir wieder ins Heim kamen, war ich ein neues Kind. In mich gekehrt, fiel niemandem zur Last, war mittelmäßig in der Schule. Wenn jemand sich für mich interessierte, war ich still, sagte kein Wort mehr, machte mich so unattraktiv wie möglich. Und dann bestand keine Möglichkeit mehr, mich zu adoptieren, weil ich zu alt war. Ich lebte mein Leben. Baute mir eine Firma auf, kaufte ein Haus und noch ein Haus. Keine Beziehungen, kein Sex, nur mit mir selbst.» Ich lache, schalte das Gerät aus und knie mich zu ihr auf den Boden. Spuckefäden laufen ihr aus dem Mund, die Augen sind glasig. Ihre Muskeln zittern, sie riecht verbrannt, auch wenn ich noch keine Wunden sehen kann. Ich kann sehen, wie Hoffnungslosigkeit aussieht. Fast leer sind ihre Augen, sie wehrt sich nicht mehr. Ich deute auf ein Rohr aus Stahl und grinse. Da bewegt sich etwas in ihr. Sie zappelt wieder, aber sie zappelt so hektisch, dass ich fast erschrocken bin.

«Du willst dich selbst töten? Du willst dich strangulieren? Glaub mir, das ist sicherlich kein schöner Tod, meine Liebe.» Ich löse das Seil von ihrem Hals. Es baumelt jetzt über ihre Schulter, hält sie aber weiterhin gefesselt.

Sie hustete, spuckt Blut, röchelt, kann kaum atmen, denn ihre Nase ist so weit angeschwollen, dass sie dadurch keine Luft mehr bekommt.

«Das hat er nicht getan», flüstert sie.

«Oh ja. Das hat er getan.»

«Und warum jetzt? Warum kommst du erst jetzt? Warum hast du das damals nicht erzählt.» Sie braucht ziemlich lange, um diesen Satz herauszubringen und die Hälfte ist schwer zu verstehen, aber ich reime ihn mir zusammen.

«Weil er das Kästchen verschlossen hat. Und es wäre weiterhin verschlossen geblieben, hätte sich niemals geöffnet, wenn die anderen Kinder, jetzt Erwachsen, sich nicht zusammengetan hätten, um sich zu treffen.»

Sie sieht mich mit großen Augen an.

Ich stehe auf, nehme das Stahlrohr und schiebe es zwischen ihre Beine in ihren Hintereingang. Sie schreit, windet sich, zappelt und ich lache. Dann werde ich wütend und meine Wut drückt sich in dem aus, was ich mit dem Stahlrohr tue. Ich spüre, wie es mir aus den Händen gleitet und mit lautem Scheppern auf den Boden fällt. Wie aus weiter Ferne höre ich sie schreien. Mir wird schwindelig. Ein stechender Schmerz fährt durch meine Schläfen, meine Eingeweiden ziehen sich zusammen, so als müsste ich mich gleich übergeben.

Ich sehe mich vor meinem inneren Auge. Mich aus einer anderen Perspektive, so als würde ich in der Zeit zurück geworfen werden und neben meinem jüngeren Ich stehen und zusehen. Zusehen, was er mir angetan hat. Ich sehe auch seine Wut und ich kann noch etwas anderes entdecken. Schmerz und Trauer. Tränen fließen über sein Gesicht, während sein Mund zu einem Schrei aufgerissen ist, der mir damals durch Mark und Bein gegangen war. Er hat mich damit nicht nur gebrochen, nein er hat mir auch meine Sexualität genommen. Ich kann mich nicht mehr an die Schmerzen erinnern, die ich damals empfunden habe. Jetzt kann ich es sehen. Ich sehe mir in die Augen, sehe den Schmerz und ich höre ihn.

Bämmm, ich bin wieder im Hier und Jetzt. Ich muss raus hier. Ich brauche eine Pause. Luft. Einen Drink.

Ohne sie weiter zu beachten, steige ich über das Rohr, öffne die Tür und gehe durch den langen Gang zur nächsten Tür, die nach oben führt.

Erst als ich oben bin, schlage ich mit der Faust gegen die Wand, lehne meinen Kopf dagegen, trete nochmal mit dem Fuß nach. Die Karte segelt zu Boden.

Ich komme an meine Grenzen. Ich komm an meine verfickten Grenzen.

«Du wirst mich nicht besiegen!», brülle ich. «Du nicht!»

36

«Wir brauchen diese drei Männer: Ralf Webber, Mike Allbright und Bruce Salamon», sagt Howard, als er ins Büro zurück kommt.

«Ralf Webber heißt heute Ralf Montego, lebt in Florida. Seine Frau ist hochschwanger, er arbeitet als Investmentbanker in einer kleinen Bank, zweite Hypothek aufs Haus, ein unbezahlter Strafzettel. Eltern leben noch. Vater ist vor zehn Jahren aus dem Gefängnis entlassen worden. Eltern sind geschieden. Mutter in einer Heilanstalt seit zwanzig Jahren.»

«Ja, den Hintergrund kennen wir bereits», unterbricht Howard Bob ungeduldig.

«Hanks hätte uns auch angelogen haben können», wirft Rick ein und trommelt sich nervös auf den Oberschenkel.

«Unglaubwürdig. Er sitzt beim FBI. Ich glaube kaum, dass er bei diesen Informationen lügen würde», sagt Kathlyn ruhig.

«Okay. Können wir weitermachen?», fragt Howard leicht genervt. Sie müssen ihn doch verstehen. Verstehen, warum Howard so ungeduldig ist.

Rick starrt ihn mit hochgezogenen Augenbrauen an, hebt aber die Schultern. «Von mir aus.»

Bob räuspert sich, als sei ihm der kleine Disput unangenehm.

«Mike Allbright. Er hat seinen Namen behalten. Ist in die Immobilienfirma seines Schwiegervaters eingestiegen. Verheiratet. Lebt in San Diego. Soll ich ...» Er blickt fragend in die Runde. Alle nicken ihm müde zu. Auch Howard.

«Wurde von den Eltern zum Sex verkauft. Die Akteure waren Ärzte, Lehrer, selbst ein ...» Er stockt für einen Moment, holt Luft und liest weiter. «Ein Pfarrer war unter ihnen. Puh.»

«Okay, die Information ist ebenfalls richtig. Also, was uns Doktor Hanks bestätigt hat.»

«Kommen wir zu Bruce Salamon. Nicht verheiratet. Hat eine eigene Firma. Hausmeisterservices steht hier. Darunter versteht man wohl so Reparaturen und solche Dinge. Wurde von seinem Vater missbraucht. Mutter hat sich im eigenen Haus umgebracht. Pulsadern in der Badewanne aufgeschnitten. Oh nein», sagt er, bevor er weiterliest. Howard nickt ihm aufmunternd zu. «Er wurde im Heim vom Sohn des Heimleiters missbraucht. Gott, wie schrecklich. Da war der Junge neun.»

Sie schweigen. In solchen Momenten hasst Howard seinen Job. Er hasst seinen Job, weil er immer viel zu spät kommt, weil er all die Seelen nicht retten kann, weil ... aus solchen Taten neue Monster erschaffen werden.

«Okay Leute. Wir können nicht ändern, was den Kindern passiert ist. Aber wir können ändern, was sie tun, was sie aus ihrem Leben gemacht haben. Schickt unsere Agenten in den Niederlassungen raus. Wo wohnt Bruce Salamon?»

«Ähm, sorry, Boss.» Bob braucht noch einen Moment, bis er sich wieder gefasst hat.

«Hier in Washington», antwortet er schließlich.

«Gut», Howard nickt und stößt sich von der Tischplatte ab. «Dann lasst uns los.» Howard nickt Rick und Kathlyn zu.

«Bob, halte uns auf dem Laufenden, falls die Agenten sich aus Florida oder San Diego melden», sagt Howard an Bob gerichtet. «Und sorry wegen eben. Mir geht das alles zu nah.»

«Kein Ding und geht klar.»

Auf dem Weg in die Innenstadt, in der Bruce laut Bobs Information wohnen soll, tippt Kathlyn auf dem Beifahrersitz auf dem Laptop, während Rick das Fenster sperrangelweit aufgemacht hat und nach draußen dampft. Ein leichter Kirschgeruch weht Howard um die Nase. Rick hat Recht. Es stinkt nicht und hinterlässt keine weiteren Spuren, denn der Duft ist nach wenigen Sekunden verflogen.

«Befragst du wieder Google?»

«Jepp», sagt Kathlyn und liest konzentriert. «Also dieser Allbright Fall aus San Diego hat wohl ziemlich für Furore gesorgt.»

«Warum? Ehrlich gesagt, kann ich mich daran nicht erinnern.»

«Es war einer der ersten größeren Kinderpornoskandale in der Internetszene.»

«Internetszene? Vor zwanzig Jahren?», hakt Howard nach.

«Microsoft hat damals das Internet zu jedem nach Hause gebracht. Damals gab es noch den Netscape Browser und Gates hat den Internet Explorer mit seinem neuen Betriebssystem kostenfrei ausgeliefert. War ein ganz schöner Krieg damals zwischen den beiden Firmen», erklärt Rick mit lauter Stimme, um den Fahrtwind zu übertönen.

«Deshalb hatte trotzdem nicht jeder einen Computer zu Hause rumstehen. Ich kann mich erinnern, dass die

Jungs in der Schule als bekloppte Nerds beschimpft und gemobbt wurden.» Howard muss lächeln, angesichts der Entwicklung der letzten Jahrzehnte.

«Vor zwanzig Jahren war Internetsicherheit auch noch ein Fremdwort für viele Firmen. Die Mitarbeiter konnten im Netz surfen, chatten und sich so unbemerkt zu Straftaten verabreden. Meistens hatten die Chefs selbst gar keinen Schimmer, was die Mitarbeiter den ganzen Tag machten oder auf die Firmenserver runtergeladen haben.»

«Habt ihr zwei jetzt genug in der Vergangenheit geschwelgt?», fragt Kathlyn spitz.

«Ja, Ma'am», sagen Howard und Rick wie aus einem Mund.

Kathlyn rollt die Augen. «Nur, weil ihr zwei schon zum alten Eisen gehört ...»

«Heee, vorsicht», warnt Rick lachend.

«Okay, also dieser Allbright Fall hat sich ziemlich lange hingezogen. Die Täter redeten sich damit heraus, dass die Rechner von jemand anderem genutzt worden waren, dass sie so etwas nie machen würden und so weiter. Das übliche eben. Schwierig wurde die Argumentation erst, als die Agenten den Tätern die Videos und Bilder gezeigt haben, auf denen sie ganz klar zu erkennen gewesen waren. Wie auch immer, der Junge kam in ein Waisenhaus und hat dort nicht die notwendige Zuwendung bekommen ...»

«Ganz im Gegensatz zu Bruce», unterbricht sie Howard und zieht eine Grimasse. Kathlyn wirft ihm einen bösen Blick zu.

«Er hat natürlich ärztliche Hilfe bekommen, aber das reicht in einem solchen Fall meistens nicht aus. Er war ja ein Kind unter vielen, Sonderbehandlungen waren

Personaltechnisch gar nicht möglich. Also wurde er immer wieder auffällig. Diebstahl, Körperverletzung, Sachbeschädigung. Vermutlich hat das Heim von Hanks Programm gehört und den Jungen angemeldet.»

«Ja, vermutlich», sagt Howard nachdenklich. «Moment. Es kommt ein Anruf rein. Bob. Ich leg ihn auf die Freisprechanlage.» Howard nimmt das Telefonat entgegen und legt das Telefon auf die Mittelkonsole.

«Du bist auf Lautsprecher, Bob.»

«Wir haben Rückmeldung vom Team aus San Diego. Durch die Zeitverschiebung haben die Agenten ihn mit seiner Frau beim Abendessen erwischt.»

«Danke für die Info, Bob. Was kam raus?» Howard lächelt, ob der Motivation die der junge Agent an den Tag legt.

«Allbright war im August zum letzten Mal in Washington. Keine Reisen seitdem. Seine Frau hat uns die Aussage bestätigt. Wir haben natürlich noch mit seinem Schwiegervater gesprochen. Ihr wisst schon, die beiden sind ja Partner einer Immobilienfirma.»

«Ja, das haben wir alle im Hinterkopf», sagt Howard angespannt. Bob erzählt weiter: «Er hat uns aber mitgeteilt, dass sich im August alle ehemaligen Heimkinder von damals getroffen hätten.»

Howard umgreift das Lenkrad fester. «Das ist ja interessant.»

«Ja, zumal die Mitbewohnerin von Viktoria erzählt hat, dass sie David im August kennengelernt hat», wirft Kathlyn ein und tippt etwas auf ihrem Laptop.

«Hat er den Grund genannt?»

«Es war wohl die Idee von Lilly Mayer. Sie heißt heute Lilly Warth und lebt in Chicago.»

«Weshalb haben sie dann Washington ausgewählt?», überlegt Howard.

«Allbright hat erzählt, dass noch jemand in Washington lebt. Alice Balerius. Heute Alice Stickson.»

«Warum wundere ich mich, dass du die Antwort parat hast», murmelt Howard.

«Wie bitte? Ich konnte den letzten Satz nicht verstehen.»

«Ach nichts, Bob. Hat Allbright irgendetwas besonderes erwähnt?»

«Es war wohl für sie alle eine merkwürdige Situation. Aber er erwähnte Bruce Salamon, der sich den ganzen Abend nicht entspannen konnte. Er hätte es versucht, sagte Allbright, aber man konnte ihm deutlich anmerken, dass die Situation ihm nicht behagte.»

«Wie kam er darauf? Bauchgefühl?»

«Er fing plötzlich an, die Kellnerin zu beleidigen, bis sie das Restaurant verlassen mussten. Allbright erzählte, Bruce habe behauptet, das läge am Alkohol, aber alle haben gesehen, dass er nur Wasser getrunken hat.»

«Mhm, okay. Danke Bob.»

«Ich melde mich, wenn wir mehr über Ralf Montego wissen.»

Die Verbindung wird getrennt.

«Dann bin ich jetzt neugierig, was wir von Bruce erfahren werden», sagt Howard.

Sie benötigen keine zehn Minuten, bis sie an dem Haus von Bruce Salamon eintreffen. Die Häuser in der Straße sind nicht beleuchtet, ohnehin ist wenig los, da die meisten in ihren Betten liegen und schlafen. In der Auffahrt vor der Garage steht ein Transporter.

Howard parkt seinen Wagen dahinter.

«Ein Transporter.»

«Der, den Sally Winston gesehen hat?»

«Könnte sein, aber sie hat uns leider zu wenig Informationen über den Wagen gegeben. Dennoch halte ich es für richtig, wenn wir Alarmbereit bleiben.»

Howard geht zum Kofferraum, zieht für jeden eine Weste raus und schlüpft hinein. Das Jackett wirft er in den Kofferraum, den er schließt, nachdem Kathlyn und Rick angezogen haben. Sie prüfen ihre Waffen, entsichern und gehen langsam auf den Eingang zu. Im Haus ist es dunkel, aus dem Briefkasten ragt eine Zeitung, vor der Tür werden sie mit einer Kokosmatte auf der «Willkommen» steht, begrüßt.

Howard tippt auf die Klingel und wartet, die Hand in der Nähe seiner Waffe.

37

Es klingelt an der Haustür. Erstarrt blicke ich zur Tür, meine Knie werden weich und ein langgezogener Summton schwirrt in meinen Ohren. Panisch blicke ich auf meine Armbanduhr. Es ist kurz nach drei. Wer zum Teufel klingelt mitten in der Nacht? Langsam und leise schleiche ich zum Fenster neben dem Eingang und sehe vorsichtig um die Ecke, bis ich einen Schatten vor der Haustür erkennen kann. Dann schleiche ich zu meiner Kommode, öffne leise die oberste Schublade und ziehe meine nicht registrierte Waffe unter allerlei Kleinkram hervor. Ich habe sie länger nicht benutzt. Vorsichtig ziehe ich den Schlitten nach hinten und verstecke meinen Arm hinter meinem Rücken. Dann gehe ich zur Tür und öffne sie.

«Was zum Teufel suchst du hier?», zische ich leise hervor und stelle mich in einen kleinen Spalt zwischen Tür und Rahmen.

«Willst du mich nicht reinlassen?»

«Nein, will ich nicht. Sieh zu, dass du verschwindest.» Ich will die Tür zuschlagen, doch die Person stößt sie mit Leichtigkeit auf und tritt in mein Wohnzimmer.

«Hast du hier dein nächstes Opfer in der Mangel?»

«Wovon redest du?»

«Von Schneekugeln und Brillen.» Die Person nimmt die Karte vom Boden, wendet sie hin und her und legt sie auf den Tisch, bis sie sich zu mir dreht. Ich beginne zu zittern.

«Ist die da geladen? Pass auf, dass sich nicht aus

Versehen ein Schuss löst.»

«Was willst du?», frage ich schwach und lasse den Arm nun locker an meiner Seite runterhängen.

«Dich wissen lassen, dass sie dir auf den Fersen sind.»

«Wer?» Mein Blick zuckt von links nach rechts und bleibt an der Person vor mir hängen.

«Das FBI, du verblödeter Dummkopf.»

«Woher weißt du ...»

«Du bist ein Anfänger, der viele dumme kleine Fehler macht, die ich für dich ausgebügelt habe. Sie haben Doktor Hanks festgenommen. Ich vermute mal, er hat ihnen etwas von dir erzählt.»

Gut, denke ich im ersten Moment. Schlecht, ganz schlecht im zweiten, denn ich bin noch nicht fertig. Mein Ass im Ärmel liegt gefesselt im Keller und ich habe nicht vor, sie so schnell vom Leben zu erlösen.

«Scheiße», murmele ich.

«Allerdings. Ich an deiner Stelle würde abhauen. Ob du weit kommst, ist die andere Frage. Und ob Hanks das bekommt, was er verdient, bleibt abzuwarten. Sein Wort steht gegen das eines Mörders.»

«Geh jetzt. Das hat dich nicht zu interessieren. Warum folgst du mir überhaupt?» Im Moment interessiert mich die Antwort herzlich wenig, da ich nachdenken muss. Viktoria muss sterben, damit Hanks Leben ruiniert ist. Damit er den Rest seines Lebens mit dieser Schuld leben muss.

«Sagen wir mal, wir haben beide einen alten Freund, dem wir etwas mehr Respekt beibringen müssen. Das sollte reichen.» Die Person kommt auf mich zu und lächelt.

«Ich habe dich gewarnt, mein Lieber. Mehr kann ich

nicht für dich tun.»

Ich zucke zurück und verfolge verwirrt, dass die Person auf die Tür zugeht und hinaus spaziert, ohne sich noch einmal umzudrehen. Dann fällt die Tür ins Schloss und ich bin wieder alleine. Unfähig, einen klaren Gedanken zu fassen.

38

«Da drin regt sich nichts.» Kathlyn steht am rechten Rahmen der Tür, Rick ist hinter das Haus gegangen und Howard steht mit bereits gezogener Waffe direkt vor der Tür.

Von hinten hört er Rick. «Gefahr in Verzug.»

Howard grinst.

«Was soll das heißen? Es ist absolut ruhig im Haus», sagt Kathlyn leise.

«Das erklären wir dir später.» Howard fummelt etwas aus seiner Hosentasche, beugt sich zum Schloss und hat binnen weniger Sekunden die Tür geöffnet.

«Ich glaube, ich verstehe ...»

Howard wartet auf Rick, der grinsend angeschlendert kommt.

«Hier war schon länger keiner mehr. Die Mülltonnen sind leer und ein Blick in die Küche hat gereicht, um festzustellen, dass sie leer ist.»

«Okay. Vielleicht finden wir im Inneren Hinweise, wo sich Salamon aufhalten könnte.» Howard betritt das Haus, schaltet das Licht an und steht in einem leeren Wohnzimmer, an das sich die Küche anschließt. Das Haus ist recht mickrig. Eine schmale Treppe führt nach oben. Mit einem Kopfnicken deutet er Rick an, sich oben umzusehen.

Dann ruft er Bob an. «Gibt noch nichts neues ...»

«Wir sind in Bruces Haus.»

«Wie ...»

«Wir haben ein Geräusch gehört», sagt Howard knapp. «Bruce ist nicht hier. Kannst du für uns rausfinden, ob er noch einen weiteren Wohnsitz hat? Oder ein Büro, wo er die administrativen Tätigkeiten erledigt?»

«Ich melde mich gleich.»

Howard legt auf, schiebt das Handy in die Hosentasche und sieht sich in der Küche um. Seine Schritte hallen in den Räumen wider. Von oben hört er Ricks Schuhe poltern.

Kathlyn öffnet die Schränke, den Kühlschrank und sieht im Mülleimer nach.

«Nichts. Die Tür des Kühlschrankes war offen, er ist aber abgestellt. Riecht etwas muffig. Unser Verdächtiger war schon länger nicht mehr hier.»

«August», murmelt Howard.

«Du meinst, er könnte David sein?»

«Er oder wir verdächtigen ihn zu unrecht und er will das Haus verkaufen, hat aber noch keinen Käufer gefunden.»

«Wer zieht aus seinem Haus, wenn es noch nicht verkauft wurde?»

«Ein Psychopath?», antwortet Rick und hält ihnen eine Visitenkarte unter die Nase.

«Immobilienservice Stark and Starky.»

«Erinnert mich an eine Fernsehserie aus den Achtzigern», sagt Howard grinsend.

«Starsky and Hutch», sagt Kathlyn.

Howard und Rick sehen sie erstaunt an. «Du kennst die Serie? Warst du da überhaupt schon auf der Welt?», witzelt Rick.

«Sehr witzig, Jungs.» Kathlyn nimmt die Visitenkarte an sich. «Hier steht ein Datum auf der Rückseite.» Sie liest und blickt Howard mit hochgezogener Augenbraue an. «Du hattest Recht. Hier steht einundzwanzigster August.»

«Auch eine Adresse?»

Kathlyn schnaubt verächtlich. «Denkst du wohl, was?»

«Das soll Bob prüfen.» Rick nimmt die Visitenkarte, macht ein Foto davon und leitet das Bild als Nachricht an Bob weiter.

«Wir sollten die Spurensicherung herbestellen. Vielleicht finden sie etwas. Schreib das Bob gleich hinterher.»

«Alles klar, Boss.»

Keine zehn Minuten später klingelt Howards Handy erneut.

«Ich habe die Adresse», sagt Bob atemlos. «Willington Road. Alleinstehendes Haus am Waldrand, in der Nähe vom Flughafen. Der Makler war recht nett, wenn auch total verschlafen.» Bob gähnt laut.

«Gib uns die Daten ans Handy, ich verbinde es mit dem Navi vom Auto», sagt Howard und nickt Rick und Kathlyn zu, die ihm nach draußen folgen, wo im Moment mehrere Vans der Spurensicherung vorfahren.

«Fordere Verstärkung an, Bob. Wir fahren direkt los.»

«Ihr werdet ungefähr eine Stunde brauchen», informiert ihn Bob.

«Die Verstärkung soll auf uns warten.»

«Alles klar.» Bob legt auf und Howard eilt auf sein Auto zu. In dem Moment kommt Tobias auf ihn zu. Genervt rollt Howard mit den Augen.

«Wo geht ihr hin? Ist das ein Tatort?»

«Tu mir einen Gefallen, Tobias, und rufe Bob an. Wir müssen los.» Kathlyn und Rick steigen indes ein.

«Ein paar Eckdaten sind ja wohl nicht zuviel verlangt, oder?»

Howard hebt die Schultern. «Haus eines Tatverdächtigen. Wir müssen eine entführte junge Frau befreien. Mach du deinen Job, wir machen unseren.»

«Bist du immer noch sauer, wegen dem, was ich letztens gesagt habe?»

«Du meinst: «Mein Tatort, sucht euch einen anderen Spielplatz?» Nee, warum sollte ich deshalb sauer sein, wenn der Mörder meiner Frau und meines ungeborenen Kindes Gegenstände für mich hinterlässt und die Spurensicherung nichts besseres zu tun hat, mich vom Platz zu schicken?» Howard blickt Tobias fest in die Augen.

«Es tut mir leid, Howard. Denkst du nicht, dass mich das nicht auch alles mitnimmt? Ich darf mir den Dreck ansehen, den die Täter hinterlassen ...»

«Oh, das tut mir sehr leid. Wenn ich das gewusst hätte, Tobias ...», unterbricht Howard sarkastisch.

«Darum geht es doch nicht. Glaub mir, mich hat es auch fertig gemacht, was mit deiner Frau passiert ist. Wir sind alle mit den Nerven runter, angesichts der Tatsache, was wir in den letzten Jahren alles gesehen haben. Bitte entschuldige. Ich habe einfach meine Laune an dir ausgelassen.» Tobias senkt müde und traurig den Kopf.

«Ist schon okay», sagt Howard leise und legt seine Hand auf Tobias Schulter.

«Es kommt nicht wieder vor.»

«Kein Ding. Danke, dass du dich entschuldigt hast. Aber du hattest mich schon davor», sagt er grinsend.

«Und jetzt holt euch den Mistkerl, damit wir ihn an

den Eiern aufhängen können für das, was er mit Laura ...»

«Wir wissen noch nicht, ob das wirklich mein alter Freund ist.»

«Oh. Okay. Ruft mich, wenn ihr mich braucht.»

Howard nickt ihm zu und steigt ein.

«Was wollte der Penner?», fragt Rick von der Rückbank aus.

«Sich entschuldigen», sagt Howard trocken, legt den Rückwärtsgang ein und stößt den Wagen auf die Straße.

«Achso. Okay.»

39

Es ist eine Ewigkeit her, seit ich wieder alleine im Flur stehe. Das Zittern in den Beinen hat aufgehört, ich kann wieder einigermaßen klar denken, auch wenn mein Magen brennt und mein Herz bis zum Hals schlägt, so dass ich kaum Luft bekomme. Bis ich mich aus der Starre löse und nach oben gehe, dauert es nochmal gefühlte fünfzehn Minuten. Ich blicke auf die Kellertür, unter der ein schwacher Lichtschein dringt. Schließlich öffne ich die Tür, schalte das Licht aus und verschließe sie mit einem der Schlüssel, den ich vorerst suchen muss und dabei fluche. Dann gehe ich nach oben in mein Schlafzimmer, ziehe eine Sporttasche unter dem Bett hervor und packe wahllos einige Kleidungsstücke hinein. Im Bad suche ich Zahnbürste, Zahnpasta und Medikamente zusammen. Mein Reisepass liegt in einer Schublade in der Küche. Fliegen kann ich mit Knarre nicht, also muss ich die irgendwo auf dem Weg zum Flughafen deponieren. Es ist alles sehr zeitkritisch und wenn ich Pech habe, hat das FBI bereits eine Fahndung nach mir ausgeschrieben, so dass ich überhaupt keine Möglichkeit habe, mit dem Flieger zu fliehen. Darüber will ich im Moment nicht nachdenken. Ich muss aufpassen, die Umgebung gut beobachten und mich bedeckt halten.

Und dann weiß ich, dass ich zu lange gebraucht habe. Ich halte inne, schnappe die Tasche und gehe in den Flur vor das Schlafzimmer, von wo aus ich die Tür im Blick habe. Hastig lösche ich das Licht und warte mit prickelnder Kopfhaut.

40

Howard stellt den Wagen achtlos am Waldrand ab und blickt zum Haus rüber. Über ihnen donnern die Flugzeuge über sie hinweg. Das nächtliche Flugverbot ist aufgehoben, die ersten Flieger erheben sich und landen. Der Lärm ist bis zum geschlossenen Wagen zu hören und er spürt ein Ruckeln unter seinem Hintern.

«Da ist eben Licht ausgegangen. Im ersten Stock», sagt Rick.

«Entweder er ist auf dem Klo gewesen oder er hat uns gehört.»

«Der muss ja Ohren wie ein Luchs haben. Bei dem Krach würde ich nichts mehr wahrnehmen», sagt Kathlyn und verstaut den Laptop im Fußraum.

«Okay. Rick, du sicherst das Haus von hinten. Kathlyn, du bleibst hinter mir.»

«Sollten wir nicht auf die Verstärkung warten?», fragt Kathlyn leise.

«Die wird gleich hier sein. Aber ich lasse den Kerl nicht entkommen oder Viktoria töten.»

«Dann los», sagt Rick und öffnet die Tür. Kathlyn und Howard tun es ihm gleich und aus den Augenwinkeln kann Howard sehen, wie Rick an der Außenmauer vorbei auf die Rückseite schleicht.

Howard geht mit Kathlyn an die Haustür und klingelt.

«Weshalb zum Teufel klingelst du?», fragt Kathlyn überrascht.

«Weil man das so macht», antwortet er. Sein Körper ist angespannt und die Hand auf der Waffe. Niemand öffnet. Man hört auch nichts aus dem Inneren des Hauses.

«Gefahr im Verzug», flüstert Howard ihr zu. Sie nickt, nimmt die Waffe aus dem Holster und wartet, bis Howard die Tür geöffnet hat. Als sie offen ist, gehen beide vorsichtig ins Haus. Sie stehen in einem Wohnzimmer. Die Küche liegt auf der linken Seite und ist nicht integriert, eine Treppe führt nach oben. Howard macht ihr ein Zeichen, dass sie stehen bleiben soll und er in die Küche geht. In der Küche sieht er eine Tür, die abgeschlossen ist. Howard öffnet mit seinem Werkzeug die Tür und steht vor einer Treppe, die nach unten führt.

«Kathlyn», flüstert er, bekommt aber keine Antwort. «Kathlyn, ich gehe runter.» Sie reagiert nicht. Jetzt ist Howard in höchster Alarmbereitschaft und angespannt. Mit der Waffe im Anschlag verlässt er die Küche. Im Wohnzimmer ist niemand.

«Verflucht», murmelt er. Von oben hört er ein Poltern und ein Schuss fällt. Etwas kracht zu Boden, er hört einen Schrei. Kathlyn.

Howard ging hinter dem Sofa in Deckung, die Waffe im Anschlag.

«Sie haben keine Chance mehr, Bruce.» Kathlyn. Sie klingt erschreckend verletzlich, trotz ihrer harten Worte. Howard presst die Kiefer zusammen. Verflucht! Er hätte sie nicht allein lassen dürfen. Blödsinn. Hätte er ebenso gedacht, wäre Rick jetzt da oben?

«Mit Ihnen habe ich noch eine Chance.»

«Scheiße! Er nimmt Kathlyn als Geisel», flüstert plötzlich Rick neben ihm.

«Ist die Verstärkung schon da?», flüstert Howard

zurück.

«Sie sind unterwegs. Müssten gleich eintreffen.»

«Geh raus und sag ihnen, dass der Mistkerl eine Agentin als Geisel hat.»

Rick drückt ihm die Schulter. «Bleib ruhig, Kumpel. Du weißt wie sowas läuft.» Lautlos entfernt sich Rick von ihm und Howard blickt wieder hinter der Sofalehne vor, kann aber nach oben hin nichts sehen. Verflucht, ja. Er weiß, wie sowas läuft. Wenn sie Pech haben, postieren sie Scharfschützen ums Haus und locken den Killer raus. Dabei fällt ein Schuss und Kathlyn wird tödlich getroffen. Der Killer wird zwar verhaftet, aber ein Agent wird tödlich verletzt. Das darf Howard nicht zulassen. Er muss vor der Verstärkung oben sein.

«Hören Sie Bruce, ich darf Sie doch so nennen, oder?»

«Mir egal.» Bruce hört sich an, als hätte er Beruhigungsmittel genommen. Lethargisch und völlig desinteressiert.

«Die Verstärkung ist schon unterwegs. Machen Sie sich nicht unglücklich, wenn sie mich als Geisel nehmen. Sie haben mich verletzt. Wenn ich nicht bald in ärztliche Hände komme, verblute ich. Wollen Sie wirklich eine Bundesagentin auf dem Gewissen haben? Sie haben bereits drei Frauen umgebracht.»

«Sie ist nicht tot», sagt Bruce ruhig.

«Wie meinen?»

«Viktoria Hanks ist noch am Leben und jetzt halten Sie endlich die Fresse, damit ich nachdenken kann.»

«Wir haben Viktoria nur noch tot aufgefunden.»

«Sie lügen. Sie lebte noch, als ich nach oben gekommen bin.» Dann flucht er. «Sie beschissene scheiß Schlampe haben mich reingelegt. Jetzt wissen Sie, wo sie ist. Los. Wir klettern aus dem Fenster nach hinten in den Garten.»

Howard hört, wie etwas über den Boden rumpelt. Kathlyn? Ist sie gestürzt? Wie schwer verletzt ist sie wirklich?

Keine zehn Sekunden später hört er, wie ein Fenster geöffnet wird und Bruce nach draußen schreit. «Ich habe Ihre Agentin. Ein Schuss in meine Richtung und sie ist hinüber.» Howard hört Kathlyn stöhnen, dann scheppert etwas. Das Fenster? Scharfschützen? Howard beschließt, die Treppe hochzusteigen. Geduckt schleicht er um das Sofa herum und betritt die erste Treppenstufe.

Ein lauter Schrei. Kathlyn. Howard bemüht sich, weiter geduckt und vorsichtig hochzusteigen, doch er kann sich kaum bremsen. Als er jedoch oben ankommt und das viele Blut auf dem Boden sieht, wird ihm leicht schwindelig und Wut rast durch seinen Körper. An der Wand entlang schleichend folgt er der Spur bis zum Fenster, das offen steht und starrt hinaus. Bruce hat Kathlyn vor sich gehalten und geht rückwärts durch den Garten in Richtung Wald. Schon wieder diese Situation, denkt er, genau das ist bei ihrem letzten gemeinsamen Fall mit Darkins passiert. Er klettert aus dem Fenster und schleicht, sich hinter Büschen versteckend, hinter Bruce her, der immer wieder nach links und rechts blickt. Howard kann Blut an ihrem Hals sehen, blickt höher, wo er eine Platzwunde erkennen kann und sie belastet ihr Bein nicht richtig. Dann verschwinden beide im Schutz der ersten Bäume.

Ein Flugzeug donnert über ihn hinweg, als er ihnen

hinterher rennt. Doch er kann sie nicht mehr sehen.

«Bruce!», schreit er. «Geben Sie auf. Sie sind umzingelt.»

Panik ergreift ihn. Mit der Taschenlampe leuchtet er in die Bäume, auf den Boden und sieht das viele Blut. Scheiße!

Schließlich rennt er los, ungeachtet dessen, was die Vernunft ihm rät. Er muss Kathlyn retten und folgt den Spuren am Boden. Dann prallt er gegen einen Baum, ein Stich in die Nierengegend lässt ihn auf die Knie gehen, die Taschenlampe fällt ihm aus der Hand und fällt auf die Blätter am Boden. Der Lichtkegel leuchtet gegen einen Busch. Schmerz durchzieht seine Eingeweide, als er langsam den Kopf hebt und ein paar Schuhe vor sich sieht.

«Sie lassen nicht locker, was? Wo ist nun Ihre Verstärkung?» Der Fuß tritt gegen Howards Kopf, so dass er auf die Seite rollt und dem Mann ins Gesicht sehen kann. Leider kann er ihn nicht genau erkennen, weil es so dunkel ist.

Dann verschwindet der Mann aus seinem Gesichtsfeld. Howard kann hören, wie er über die Blätter rennt. Mühsam kommt er auf die Knie, greift nach der Taschenlampe und hält sich die Seite, in der ein Messer steckt. Der Mistkerl hat genau zwischen die Weste gestochen. Am Baum angelehnt sitzt Kathlyn. Ihr Kopf ist auf die Brust gefallen, Blut läuft ihr ins Gesicht. Sie atmet schwer, die Augenlider flattern. Er hört das Klappern ihrer Zähne.

«Kathlyn, halte durch.» Mühsam robbt er zu ihr, greift nach ihrer Hand, die sich eiskalt anfühlt.

«Verstärkung ist unterwegs. Bitte, bitte halte durch.»

«Halte du doch durch», murmelt sie.

«Du darfst nicht sterben, hörst du?»

«Du auch nicht.» Nur noch ein Wispern, er kann sie kaum hören, weil schon wieder ein Flugzeug über ihnen hinweg donnert.

«Ich muss dir etwas sagen, Howard. Etwas über mich. Ich war noch ...»

«Sag doch. Bitte rede mit mir.» Dann umgibt ihn eisige Schwärze und er weiß nicht, ob er das alles nur noch träumt. Ein böser Albtraum, in dem Kathlyn stirbt und er nur hilflos zusehen kann.

Ein Dröhnen fegt über ihn hinweg. Es ist so laut. So furchtbar laut und dann umgibt ihn Dunkelheit.

41

«Du verfluchter Schwachkopf», sagt die Stimme. Ich spüre einen eisigen Griff um meinen Hals und an meiner Hand, in der ich eben noch die Knarre gehalten habe.

«Du schon wieder», sage ich heiser, denn der Griff ist so fest, dass ich kaum ein Wort rausbringe. «Was willst du von mir?»

«Du warst nur Mittel zum Zweck, du Penner. Aber jetzt kann ich dich nicht mehr gebrauchen, denn du könntest mich verraten.»

«Dich? Warum?»

«Ist das nicht völlig egal in deiner Situation?»

Ich bin verwirrt. «Warum? Ich will aber ... du willst mich töten?» Panik ergreift mich, trotz der Medikamente, die mich eigentlich sonst immer ruhig machen.

«Das erste mal, dass mal was schlaues über deine Lippen kommt.» Dann spüre ich nur noch etwas am Hals. Ich greife nach oben und fühle heißes Blut, das mir über die Finger läuft.

«Wenige Sekunden. Dann bist du tot. Dann hören die Träume auf. Dann geht es dir besser.» Die Sekunden fühlen sich nicht wie Sekunden an. Sie fühlen sich wie Minuten an, die mir geschenkt werden. Geschenkt werden, um Buße zu tun, um zu bereuen. Ich versuche mit beiden Händen die Blutung zu stoppen, aber es sprudelt nur so aus mir heraus, wie meine Kraft, die mit dem Blut meinen Körper verlässt. Ich falle wie ein nasser Sack auf den Boden, meine

Knie bohren sich in einen Stein und werden zertrümmert. Den Schmerz spüre ich nicht mehr. Wie bei einer Narkose. Zählen Sie jetzt von eins bis zehn. Bis zehn kommt man meistens nicht. Ich zähle.

«Eins.» Oh Daddy, Mom, wir sehen uns gleich wieder. Nach so langer Zeit werden wir wieder vereint sein.

«Zwei.» Hoffentlich treffe ich nicht auf Samantha und Isabelle. Sie könnten mir wegen dem vorzeitigen Ausscheiden aus dem Spiel des Lebens böse sein.

«Drei.» Ich schließe die Augen, atme noch einmal tief ein, spüre wie mein Kopf schwer wird. Der Boden vibriert, in der Luft hängt ein lautes Donnern. Die Erde wird sich auftun und mich verschlingen und in der Hölle wieder ausspucken.

42

Der Schatten sieht zu, wie der Mann auf dem Boden seinen letzten Atemzug tut und lächelt. Es ist vorbei und auf der anderen Seite beginnt es gerade erst. Wie alles im Leben, stirbt etwas und etwas anderes wird geboren.

Der Schatten dreht den Toten um, so dass seine Augen in den Himmel starren. Er legt etwas auf den Bauch, tippt sich an die Stirn und sagt: «Es war mir eine Ehre mit Ihnen gedient zu haben.» Leise lachend verschwindet der Schatten in den Bäumen.

43

Piep-Piep
Piep
Piep-Piep
Piep

Howard öffnet die Augen und kneift sie sofort wieder zusammen. Grelles Licht blendet ihn und schickt tausend schmerzende Nadeln durch seinen Kopf. Er fühlt sich leicht, müde und irgendwie ... glücklich.

«Ey Mann. Du hast uns echt einen Schreck eingejagt», sagt eine vertraute Stimme neben ihm.

«Was ist mit Kahtlyn?» Howard hält die Augen geschlossen.

«Sie ist eine Kämpferin. Hat viel Blut verloren, aber sie hat es überlebt, genauso wie du.»

Erleichterung durchflutet Howard. Dann setzt er sich auf und muss sich direkt wieder hinlegen, weil ihm schwindelig wird.

«Bleib liegen. Du musst dich noch schonen.»

«Kann ich sie sehen?»

Rick verzieht den Mund. «Hast du sie noch alle? Du sollst die nächsten Tage liegenbleiben.»

«Wie lange bin ich schon hier?»

«Seit zwei Tagen. Du hast echt Glück gehabt, How. Das Messer hat keine Lebenswichtigen Organe verletzt und dich gleichzeitig davor bewahrt, zu verbluten.»

«Zwei Tage? Was ist mit Salamon?»

«Da ich glaube, dass du eh nicht vorher Ruhe gibst,

bringe ich dich auf den Stand.»

«Zu liebenswürdig von dir, Rick.»

«So bin ich. Man hat euch unweit des Hauses gefunden. Ein Krankenwagen hat euch direkt ins nächste Krankenhaus gefahren. Kathlyn hatte eine Schussverletzung am Oberschenkel. Es wurde eine Arterie getroffen, deshalb hat sie so stark geblutet. Den Kopf hat sie sich wohl beim Ausstieg aus dem Haus verletzt. Sie war ziemlich stark verletzt und ihr Leben stand auf der Kippe.»

«Scheiße», flucht Howard.

«Jedenfalls hat sie alles gut überstanden. Vielleicht kommt sie dich besuchen. Sie darf schon mit dem Rollstuhl durch die Gänge flitzen.»

«Machst du Witze?»

«Flitzen wird sie wohl nicht.» Rick lächelt ihn an. «Bruce wurde etwa hundert Meter weiter tot aufgefunden.» Rick macht ein verschlossenes Gesicht.

«Was ist?»

«Werde gesund, Howard. Das ist das einzig wichtige, das zählt.»

Howard setzt sich wieder auf, ungeachtet des Schwindelgefühls in seinem Kopf, die Augen mittlerweile geöffnet.

«Was. Ist. Los?»

Rick fährt sich nervös durch seine kurzen Haare. «Tut mir leid, Mann. Es war eine Botschaft bei ihm.»

Howard hat das Gefühl, er würde zur Seite kippen. Als er bemerkt, dass er das auch tut, hält Rick ihn auf und schiebt ihn zurück in die Mitte des Betts.

«Was für eine Botschaft?»

«Ey Mann, ich weiß nicht, ob ich ...»

«Du sagst mir jetzt, was gefunden wurde, oder ich

schwöre Dir, ich stecke Dir die Infusionsnadel in den Hals.» Wenn Rick hätte bleich werden können, wäre er es jetzt geworden.

«Man fand ein paar Babyschuhe. Und einen Zettel.»

«Rick!», warnt Howard ihn. «Wenn du mir nicht augenblicklich sagst, was auf dem Zettel stand, bringe ich dich eigenhändig um.»

«Du kannst ja nicht mal ohne Hilfe furzen ... ja, ja. Schon okay. Es steht sinngemäß darauf, dass es schade ist, dass du nicht mehr mit deinem Sohn Fußball spielen kannst. Weiter unten steht: Die Spiele haben begonnen.»

Howard schließt die Augen. Er spürt ein Brennen dahinter und weiß, dass er gleich weinen wird, aber er ist gleichzeitig so unglaublich wütend, dass die Gefühle ihn für einen Moment übermannen.

Sein alter Freund.

Es war nicht Bruce.

Es gab noch eine Person, die sich eingemischt hat.

Und dann schreit Howard.

44

Er sitzt mit Kathlyn in der Cafeteria des Krankenhauses, ihre Hand haltend und mit seinen Gefühlen kämpfend. Am Tisch ist Stephen und Rick, der nervös auf die Tischplatte trommelt.

«Geh schon dampfen, Rick. Ich habe das Gefühl, seit du aufgehört hast zu rauchen, bist du noch nervöser als vorher.»

«Ich habe meinen Nikotinlevel noch nicht erreicht», sagt der entschuldigend.

«Nun geh schon Rick», sagt nun auch Stephen, dem das Trommeln offensichtlich auch auf die Nerven geht.

Als Rick den Tisch verlassen hat, sieht Stephen ernst zu Kathlyn und Howard, die beide morgen entlassen werden sollen.

«Viktoria Hanks hat eine erschreckende Aussage gegen ihren Vater gemacht.»

«Warum? Hat er Kinder missbraucht?», rät Howard.

«Jain.»

«Das gibt es auch?», fragt Kathlyn bissig und nimmt einen Schluck Kaffee.

«Bruce war eine zerstörte Seele. Er war der Ansicht, Liebe würde sich in Sex äußern und hat Doktor Hanks verführt.»

«Wie bitte??» Kathlyn verschluckt sich und hustet.

«Doktor Hanks ist zusammengebrochen, als wir ihn damit konfrontiert haben. Ich denke, er wird eine ganze Weile nicht mehr praktizieren, abgesehen davon, dass sich seine Frau von ihm getrennt hat und seine

Tochter nichts mehr von ihm wissen will.»

«Was soll das heißen, Bruce hat Hanks verführt?», hakt Howard nach.

«Sie kennen das Lolita Prinzip?»

«Das junge Mädchen, das ältere Männer verführt? Frühkindliche sexuelle Vorstellungen? Das ist doch ein Ammenmärchen, Sir», sagt Kathlyn.

«Das ist noch nicht belegt, Kathlyn. Bruce muss wohl so mit dem Missbrauch durch seinen eigenen Vater damit umgegangen sein ...»

«Du vergisst den Sohn der Heimleitung», unterbricht ihn Howard.

«Hier ging die Initiative auch von Bruce aus. Das deckt sich auch mit den Aussagen des damals festgenommenen Oskar Harper.»

«Der das als Ausrede benutzt hat», wirft Kathlyn ein und sieht hasserfüllt auf die Tasse.

«Wir können das nicht mehr beweisen, da Bruce tot ist und Hanks sich vermutlich mit jeder Aussage den Kopf aus der Schlinge ziehen würde. Aber die Aussagen waren ziemlich präzise deckungsgleich mit denen von Viktoria. Hanks hat den Jungen missbraucht, daran besteht kein Zweifel. Er hat ihn mit einem Stahlrohr anal penetriert und bei der Autopsie haben wir altes Narbengewebe feststellen können. Dabei wurde die Prostata verletzt. Sexuell muss Bruce ziemlich eingeschränkt gewesen sein. Dennoch hat er mit Viktoria per Chat sexuelle Handlungen an sich selbst vollzogen.»

«Mein Gott», sagt Kathlyn. «Was ist mit Hanks? Wird er zur Verantwortung gezogen?»

«Die Tat ist verjährt. Das Opfer ist tot.» Stephen hebt die Schultern.

«Mistkerl», murmelt Kathlyn.

«Er hat seine Lizenz verloren. Seine Frau hat sich getrennt, seine Tochter will nichts mehr von ihm wissen. Sie sagte wörtlich: «Der Mann ist für mich gestorben.» Ich denke, Hanks bekommt jetzt seine Strafe. Er wird nie mehr praktizieren können.»

Kathlyn schweigt, ihre Finger umklammern die Tasse. Sie beißt sich auf die Lippen.

Stephen steht auf. «Sie können sich ein paar Tage freinehmen», sagt er.

«Einen scheiß werde ich», antwortet Howard angespannt. Stephen beugt sich zu ihm hinab.

«Hör zu Howard. Mir ist es lieber, du kommst mit frischer Energie zurück ins Büro, als wenn du verbissen nach Lauras Mörder suchst. Du erholst dich mit Kathlyn in deiner Hütte. Das ist ein Befehl.»

«Jawohl, Sir.» Auch, wenn Howard sich wundert, dass Stephen offensichtlich über ihre Beziehung Bescheid weiß. Aber er diskutiert das jetzt nicht mit ihm aus.

«Gut, dann sehen wir uns in einer Woche.»

Stephen verlässt die Cafeteria und bleibt mit Rick noch einen Moment in der Tür stehen, um etwas zu besprechen.

«Wie geht es dir?», fragt er Kathlyn. «Wenn du die Tasse weiter so malträtierst, zerbricht sie und du musst doch länger hier bleiben.»

«Schon gut. Ich ... das macht mich so wütend.»

«Weil Hanks noch auf freiem Fuß ist?»

«Das auch.»

Bevor sie weiter reden kann, setzt sich Rick an den Tisch und blickt beide ernst an.

«Ich soll euch morgen in die Hütte begleiten und in

einer Woche wieder abholen. Sklave Rick zu euren Diensten, Massa.»

Howard grunzt genervt. «Na toll. Danke für den Dienst als Babysitter.»

«Glaub mir, Mann, ich kann mir auch was Besseres vorstellen. Und da wartet noch jemand auf euch.»

Howard sieht zur Tür und entdeckt seine Eltern. Seine Mutter kommt mit besorgtem Blick auf ihn zugestürmt.

«Jetzt wird es wieder nichts mit dem Essen», sagt sie, aber es klingt nicht vorwurfsvoll.

Howard steht auf und lässt sich vorsichtig umarmen.

«Und diese junge Frau ist Kathlyn?»

«Ja Mom.» Dad gibt ihm einen sanften Klaps auf die Schulter, während seine Mom Kathlyn umarmt.

«Wir haben uns solche Sorgen gemacht. Ich war so froh, dass Rick anrief und mir mitgeteilt hat, dass du wieder aufstehen darfst.»

Mom tut so, als wäre sie nicht seit Tagen an seiner Seite gewesen.

«Mom, mir geht es gut. Wie beim letzten Mal schon.»

«Wir haben deinen Boss draußen getroffen. Er hat angeordnet, dass du dir eine Auszeit nehmen sollst», sagt sein Dad und gibt danach freundlich Kathlyn die Hand.

«Ja, das hat er uns gerade gesagt.»

«Mom packt deine Tasche und geht einkaufen. Miss Turner?»

«Kathlyn bitte.»

«Kathlyn, soll sie für Sie auch etwas einpacken?»

«Oh nein. Ich kann das morgen ...»

«Da müssen Sie schon im Auto in Richtung Hütte unterwegs sein.»

«Aber ich ...»

Howard sieht peinlich berührt zwischen seinem Dad und Kathlyn hin und her. Mom beobachtet den Wortwechsel leicht amüsiert. Rick stopft einen Donut in sich hinein und sitzt, mit ausgestreckten Beinen am Tisch.

«Kathlyn. Begleitest du mich bitte in die Hütte?»

Sie wird rot. «Aber das ist doch die Hütte von dir und Laura?»

«Sie würde sich freuen, wenn ich wieder jemanden mit dort hin nehme. An ihren Ort der Ruhe. Wenn wir ihn wieder aufleben lassen», sagt Howard und zieht Kathlyn in seine Arme. Sie legt ihren Kopf an seine Schulter und flüstert in sein Ohr. «Ja. Ich komme gerne mit an diesen Ort der Ruhe.»

«Dann ist ja alles geklärt. Ich bringe euch morgen eure Taschen mit. Können wir jetzt mit der Gefühlsduselei aufhören?», ruft Rick mit vollem Mund dazwischen.

45

Es ist ein wunderbar milder Abend für Herbst. Die Sonne steht rötlich am Horizont, über die Wiese schwirren Insekten, in den Büschen hört Howard den Grillen zu. Es ist so ruhig, dass er sogar Kathlyns nackte Füße über die Holzbohlen der Terrasse trippeln hört. Sie stellt ein Glas Rotwein auf den Tisch und setzt sich auf seinen Schoss und kuschelt sich an ihn. Seit Tagen gehen sie nur aus dem Bett, um etwas zu essen zu holen oder sich zu duschen, Zähne zu putzen und sonstige Dinge im Bad zu tun. Es ist ihr letzter Tag in der Hütte und Howard ist schon lange nicht mehr so glücklich gewesen.

«Die Sonnenuntergänge werden mir fehlen», seufzt sie, während sie sich mit dem Rücken an seinen Bauch kuschelt und ihre kurzen Haare in seiner Nase kitzeln.

«Mir auch.» Howard küsst ihren Nacken und atmet den frischen Duft von Blumen ein.

«Ich wünschte, wir könnten für immer hier bleiben», sagt sie leise.

«Ja.» Das hat Laura immer gesagt an ihrem letzten Tag. Es ist das erste Mal seit Tagen, dass er an sie denkt und mittlerweile spürt er, dass sein Herz sie losgelassen hat und Platz für eine neue Frau gemacht hat.

«Es waren ein paar schöne Tage.»

«Wir können so oft wir wollen zurückkommen.»

«Ich hatte gehofft, dass du das sagen würdest», schnurrt sie wie ein Kätzchen.

«Was hast du geglaubt? Dass wir danach unsere

eigenen Wege gehen? Habe ich dir nicht gesagt, dass ich dich nicht mehr gehen lasse?»

Sie lacht leise. «Ja. Bestimmt hundertmal.»

«Dann ist das das einunderteinstemal.»

«Howard?»

«Mhm?»

«Ich werde dir zu seiner Zeit sagen, was ich dir sagen wollte, als wir verletzt am Boden lagen.»

«Kathlyn, du musst nicht ...»

«Oh doch. Eine Beziehung basiert auf Vertrauen. Und ich schulde dir meine Geschichte, nachdem du mir deine erzählt hast.»

«Ich liebe dich, Darling. Nimm dir so viel Zeit, wie du brauchst.»

«Ich liebe dich.» Kathlyn dreht sich um und schlingt ihre Arme um seinen Hals. Dann küsst sie ihn lange und ausgiebig, so dass er nicht anders kann, als auf sie zu reagieren.

«Wir sollten rein gehen», lacht sie in seinen offenen Mund.

«Ja. Ich muss dir da etwas zeigen.» Dann nimmt er sie auf seine Arme und trägt sie in die Hütte. Die untergehende Sonne im Rücken.

46

Der Schatten sieht hinter dem Holzstapel auf das sich liebkosende Pärchen auf der Veranda. Sie lachen. Sie sind glücklich. Und dann gehen sie in die Hütte. Der Schatten presst den Kiefer so fest aufeinander, dass es schmerzt.

Dann grinst er.

«Lass und spielen, Howard Caspar. Lass uns spielen und herausfinden, wie groß dein Schmerz ist, wenn du auch diesen Menschen als Einsatz verlierst.»

Damit steht der Schatten auf und verschwindet im Sonnenuntergang, ohne dass ihn jemand bemerkt.

Nachtrag

Die Howard Caspar Reihe ist eine neue FBI Serie, die unabhängig voneinander gelesen werden kann.
Alle die im Buch dargestellten Schauplätze und Figuren sind vom Autor abgewandelt.
Bleiben Sie gerne auf dem Laufenden, indem Sie mir bei Amazon folgen. Sehr dankbar bin ich über eine kurze Bewertung meines Buches. Sie können mich auch via E-Mail kontaktieren: andrew.holland@gmx.net
Vielen Dank, dass Sie mein Buch gelesen haben. Ich hoffe, ich konnte Sie gut unterhalten.

A. Holland

16653022R00152

Printed in Poland
by Amazon Fulfillment
Poland Sp. z o.o., Wrocław